S P R I N G

每一本好書都是一顆種子，
春天播種在你的心田夢土上。

Spring

S P R I N G

每一本好書都是一顆種子，

春天播種在你的心田夢土上。

陰界黑幫 3

Mafia of the Dead

Div 著

自序

陰界黑幫三終於完成了。

曾說過每個故事都是一趟旅程，從構思、設想故事情節、動筆寫下第一個字，然後經歷中間層出不窮的卡關，一堵又一堵的寫作之牆，最後終於抵達終點，用力寫下三個字「end」為止，這一切真的就像是一趟漫長艱鉅的旅程。

只要是旅程，就一定有苦有甜，有辛辣有溫暖，同樣，寫作也是。

想到好的點子，會在睡前拉著老婆炫耀。

遇到遲遲無法突破的寫作之牆，則會經常性陷入發呆，只求在自己生活的某個光影角落，找到突破的契機。

如今，陰界三完成，這個浩大程度直追地獄系列的作品，正一點一滴的推向故事的核心。

很開心，也有些忐忑，因為隨著故事越來越巨大，更大大的挑戰自己操作角色與故事的能力。

但我不會認輸的，因為讓這趟旅程精采、讓故事好看，是身為旅者的我，本能與責任所在。

這一年，二〇一一年，在人生中，剛經歷過結婚、養小孩、買房、換工作等等刺激的大事，這一年像是回歸了正常速度，但仍有許多的挑戰等著我。

一歲的小孩深怕她睡覺翻下床，兩歲的小孩則要開始思考教養問題（這真是每個爸媽的課題），工作上也有些新轉變，從工程師變成小課長，如何教人與帶人，是我努力學習的。

人生很忙，時間很少，無奈很多，遺憾難免，但偶爾停下目光，看著公園內老婆和小鬼追逐的背影，還是會覺得，此刻，人生還真是幸福。

再努力一點，讓幸福更長更久，是我努力的方向喔。

Div

陰界黑幫

3

Mafia of the Dead

「相傳紫微星系共有一百零八星，又以十四星主掌夜空，其影響國家興亡，個人運勢甚巨，其為紫微、太陽、太陰、武曲、天同、天機、天府、天相、天梁、破軍、七殺、貪狼、巨門與廉貞是也。」

前情提要

陰界大事「易主」時刻逼近，十四主星紛紛現世。

生前只是平凡編輯的琴，死後赫然發現，原來自己曾是統領三大黑幫之一「十字幫」的幫主？而且更是懸賞十億的超級通緝犯。

為了找回記憶，她踏上了尋找「聖．黃金炒飯」之路，這一路上，她不僅要找回五項傳說食材，更必須面對政府步步的追殺。

幾經艱苦，第一項食材「米」終於到手，但等待在後面的，卻是更危險、更可怕的黑暗鼠窟，裡面藏著第二項傳說食材「橄欖油」，她所想出來的搭拉搭拉救樹計畫是否會成功？又會遇到什麼樣可怕刺激的遭遇呢？

另一頭，和琴同時墜入陰界的柏，則經歷過一場黑暗巴別塔有史以來，最慘烈的屠殺，卻也讓柏見識到了另一個世界的男人，火星鬥王的絕世霸氣。

柏究竟能否救回忍耐人？牛肉麵店老闆娘是否就是神醫周娘？女鬼卒究竟是何方神聖？琴與柏，重回陰界，讓早被陰魂們遺忘的熱血時代，開始慢慢的甦醒過來。強勢的政府，剩餘的兩大黑幫──「僧幫」和「道幫」與新興的「紅樓」，又會做出什麼舉動呢？

諸多謎團待解，諸多人物的命運如何牽連，易主時刻步步進逼，陰陽兩世崩潰在即，欲知未來發展，請看陰界黑幫，卷三。

黑幫陰界

Mafia of the Dead

楔子

叩，叩，叩，黑暗中，一對纖細高雅的女子足部，正踩著高跟鞋，走在看起來價值不菲的地毯上。

然後，高跟鞋停下。

「你找我？」高跟鞋的主人，一個女子聲音，慵懶的問。

「妳去替我做件事。」高跟鞋的對面，是一個低沉充滿威嚴的嗓音。

「喔，什麼大事，竟讓你親自下令？」女子語氣中帶著笑。「而且還找我出馬？」

「因為，她回來了，」男子語氣如磐石，絲毫不為所動，「幫我去看看她。」

「她……？喔，你是說她啊。」女子笑了兩聲，「二十九年了，你果然還是最在意她。」

「哼。」

「不過，你知道派我出去的規矩。」女子淡淡的說，「在現場，一切由我作主，要殺不殺隨我，沒人干涉得了我。」

「當然。」男子冷笑了一下。「這已經不是我們第一次合作了，不是嗎？」

「別把我們說得像是很熟，哼。」女子撇身，鏡頭裡的高跟鞋回轉，就要離去。

但只走了兩步，高跟鞋卻又停下。

「嗯？」

「老大，嘻，雖然是我作主，但你找我去，難道……」女子笑，「就是希望我殺了她。」

「妳覺得呢？」男子不置可否。

「我覺得啊，我一定不會讓你稱心如意。」女子又笑，「如果她很沒用，我就殺了她；但如果有潛力，那我一定留下她……」

「留下她，幹嘛？」

「當然是……殺你啊。」

留下這句話後，女子輕笑一聲，又繼續往前走去。

黑暗中，高跟鞋已然遠離。

一個男子的聲音緩緩的開口了。

「我知道妳，女獸皇。」男子語氣中有著淡然的笑意，「若她有潛力，妳一定會讓她活下來，而這就是我所希望的啊。」

第一章・武曲

1.1 一小虎

「鈴！鈴！鈴！」深夜裡，急促的鈴聲響起。

鈴聲催促，床上的棉被蠕動兩下，一隻手伸出，在桌上亂拍了一陣，才拍到這擾人清夢的元兇，手機。

「喂。」那隻手把手機抓到棉被底下，發出一個被吵醒後脾氣不太好的女子聲音。

這女子聲音似曾相識，似乎就是小靜的歌唱好友，蓉蓉。

「對不起，吵醒妳了吧？蓉蓉，」手機的那方，語氣好著急。「我是小靜啦。」

「小……靜？」蓉蓉察覺到小靜話中的慌張，頓時醒了一半。「發生了什麼事？」

「對不起吵到妳了，」小靜再次道歉。「現在下大雨，我想要找人幫忙，但琴學姊不在了，另一個人又奇怪的都找不到，只能找妳……」

「別廢話，快點說，到底發生了什麼事啊？」

「他淋到了雨，看起來好冷，好像快生病了，我好擔心他……」說著說著，小靜鼻音湧現。

「等等，我聽不懂，誰淋到雨？」蓉蓉聽得是一頭霧水，「誰看起來好冷？快生病了？」

「他啊。」

「他？他是誰啊？」蓉蓉聽得想暈倒，小靜歌聲很迷人沒錯，但個性未免也太無厘頭了吧，半夜打電話來卻說不清楚發生了什麼事？

「啊，我還沒說嗎？」小靜的聲音在電話那頭微微一頓。「牠，是一隻貓。」

「一隻貓，所以妳養貓了？」蓉蓉嘴巴微張，就要昏倒，只因為一隻貓淋雨，就要在三更半夜打電話吵醒她？

「啊，我也沒和妳說過嗎？真對不起喔。」小靜的聲音又是一頓。「牠是剛剛突然出現在我家門口的，看起來好可憐喔，所以我決定養牠了。」

「喔，原來如此。」蓉蓉嘆氣。「那妳說牠淋到雨了？」

「對啊，牠出現在門口的時候，全身濕透了，好可憐。」小靜低聲說。「真的好可憐喔。」

「我只有小時候養過貓，我記得貓會自己把身上的水舔乾淨，算了，現在的妳一定聽不下去，聽我說，妳先去準備一支吹風機……」

「我用了，但……牠不肯讓我幫牠吹毛啊。」

「因為貓會怕吹風機的聲音，所以妳不能直接對著牠吹，嗯，妳找個箱子，把貓放進去。」蓉蓉一步一步的指導著。「弄好了嗎？」

「好了。」小靜從陽台找到一個壓扁的紙箱，然後努力的組合起來。

「然後，用薄棉被把箱子蓋起來。」蓉蓉問，「好了嗎？」

「好了。」

「最後，拿吹風機朝裡面吹，注意，不要直接吹到貓，吹風機的熱風會讓箱子溫暖且乾燥，這樣牠的毛會乾得很快，雖然真正好用的是籠子，但我想妳手上一定沒有現成的貓籠。」蓉蓉細心的說，「另外，如果妳有『烘被機』會更快。」

「嗯。」小靜說完，電話那頭，只剩下吹風機呼呼的響聲。

「對了，這隻貓是突然出現在妳家門口的？牠是野貓嗎？」聽著吹風機的聲音，蓉蓉問道。

「是啊。」小靜的聲音混在吹風機的響聲裡，顯得有些模糊。「身上沒有任何項圈，應該是野貓吧。」

「野貓自己找人類？很少見欸。」蓉蓉想了一下，「那妳幹嘛要養牠啊？」

「我也不知道欸。」

「妳也……不知道？」

「應該是緣分吧，不只是牠看起來很可憐，而是牠坐在門口發抖的樣子，」吹風機的聲音呼呼的吹著，明明是吵雜無比的環境，卻在小靜的語氣中找到一股堅定的靜謐。「讓我覺得，我應該要養牠。」

「緣分？」蓉蓉嘴角抽動了一下，但她隨即想到，養寵物其實和情人相遇一樣，存在著如同一見鍾情般的緣分，難道小靜與這隻貓也是？

「也許真的是緣分喔。」小靜的聲音揚起，聽得出話裡的開心。「太好了，牠的毛乾了，蓬蓬鬆鬆的好好摸，牠看起來舒服得快睡著了咧。」

「呵呵，那就好。」蓉蓉鬆了一口氣，躺回床上，「那老娘終於可以繼續睡覺囉。」

「真對不起啊，蓉蓉，現在沒了學姊，我另一個朋友也找不到人，好奇怪。」小靜輕輕說。「所以只能找妳囉……」

「沒事啦，誰教老娘天生樂於助人呢？」蓉蓉笑了一下。「那妳打算替牠取什麼名字？」

「這隻貓咪喔，牠身子雖然小，身上卻有些像老虎的斑紋。」小靜一笑，「所以，我打算叫牠小虎。」

「小虎……」蓉蓉打了一個哈欠，她已經快回到夢鄉了。「把貓叫做老虎，妳也挺有想像力的嘛？」

「嘻嘻，是嗎？」

「既然事情搞定了，那我睡囉。」

「謝謝，晚安。」

「晚安。」蓉蓉說完，用拇指輕輕按掉電話，幾乎在下一秒，就在枕頭上昏睡了過去。

只是，這晚蓉蓉卻做了一個夢。

她夢見了一隻老虎。

威武，雄壯，身上充滿如同火焰般的黑色紋路。

而且，這隻老虎有著蓉蓉曾見過，最長也最美的下巴鬍鬚，宛如一抹金色的流線。

這隻外型奇異的老虎，正斜躺在一名男子的腳邊，那男子外表極帥，但卻帶著一絲冷絕的殺意。

只是不知為何，男子全身是血，似乎受了危及生命的重傷。

男子摸著那隻大虎，輕聲的說著，「按照陰界的輪迴論，十四主星死後會重新轉生，到時候，你記得來找我。」

「吼。」那頭黑虎發出如同應允的低吟，觸鬚跟著如金色水波紋般流動。

「那我們下輩子見了，」男子笑了，那是一個瀟灑豪放的笑容，「我的老戰友，小虎。」

我的老戰友，小虎，我們下輩子見了。

1.2 搭拉搭拉救樹計畫

場景拉回陰界，琴與小才兩人，正坐在亂葬崗外圍的公園草地上，討論著接下來的計畫。

「搭拉搭拉救樹計畫？」

「是啊。」琴微笑。「這名字聽起來怪，但可是有典故的喔。」

「什麼典故？」

「搭拉搭拉，取的是貓的腳步聲。」琴模仿貓咪走路的輕巧模樣，得意的說，「說到這，你應該懂我的意思了吧？」

「貓的腳步聲……琴姊，妳不是要找貓來對付微生鼠吧？」小才嘴巴微張，滿臉訝異。

「是啊，你好聰明喔。」琴用力拍了小才肩膀一下，「不愧是地空星，危險等級是多少？五嗎？」

「不是不是，琴姊，妳先別稱讚我啦！」小才急忙揮手，「我要和妳說一件事，陰界的貓……」

「稱讚是一定要的啊！」琴又拍了一下小才的肩膀，「別謙虛了，不過我也要稱讚一下自己，想出靠貓來對付老鼠，真是好招。」

「不是啦不是啦，琴姊，我要說的是陰界的貓……」

「是啦是啦，我們先來討論去哪裡找貓……」

「琴！姐！」小才突然提氣，道行爆發，震得空氣都為之凝滯，周圍的樹葉更是簌簌飄落。「聽！我！說！啦！」

「對不起啦，」聽到小才的大喊，琴才猛然從她得意萬分的計畫中醒過來，她揉著耳朵，「你要說什麼？」

「我要說的是，陰界的貓，絕對不是那麼好惹的，」小才吸了一口氣，「因為牠們不一定在陰界啊！」

「不在陰界？那牠們在哪？」琴呆住。

「牠們，在陽世。」

「啊？」

「貓這種生物，能自在跨越陰陽兩界，不只尊貴，而且極度兇暴。」小才越說，表情越是驚恐。「陽世為貓，陰界為虎，琴姊妳可知道，妳要引來的動物，可是遠比老鼠還兇狠百倍的怪物？」

「啊？」琴的嘴巴張了幾秒，才慢慢吐出兩個字。「是嗎？」

「妳可能還沒引出貓，就會成為貓的食物了，而且陰界的貓是群聚生物，以這座城市為例，牠們盤據在一個叫做貓街的地方，每晚子時會在陰界出現。」小才越說越激動，雙手甚至揮舞起來，「難道妳要自己跑去貓群前面，拍拍自個兒的屁股，然後和貓咪們說『快來追我』啊？」

「呃，這倒是一個問題。」琴側著頭想了一下，然後像是想起什麼似的，「我問你，陰界貓咪愛吃嗎？」

「愛吃，超愛吃，連人類的魂魄都會吃。」小才說得是口沫橫飛，「所以超級危險，就連有星格的人，都不敢隨便在子時進入貓街的啊！」

「愛吃啊，」琴聽到這，露出鬆一口氣的微笑，「那就沒問題了啊。」

「什麼沒問題？牠們愛吃，只是增加危險……」

「愛吃可是好事。」琴伸出食指，神秘的搖了搖。「牠們越愛吃，表示我方有個人越能派上用場啊。」

「我方……」小才一呆。

「我方可是有一個超級美食主廚，讓他出馬就搞定啦。」琴得意的微笑。

「超級美食主廚？」

「還有誰，當然是天廚星，冷山饌啊。」

「煮貓食啊？」十餘分鐘後，冷山饌帶著兩個徒弟，大耗和小耗，苦思著這個問題。

「應該沒問題吧？」琴眼中盡是哀求，看著面前這個以廚藝為生命的老人，冷山饌。

「我猜是魚，陰界的貓，應該無法抵抗魚類的食物。」冷山饌眼中閃過睿智的光芒，「至於魚，海幫的副幫主鳳閣是我的老友，透過她，應該可以拿到不錯的魚……」

「太好了！」琴拍手，「又解決一個問題囉……」

「琴姊，對不起，我、我還有問題。」這時，躲在冷山饌後面的少年，紅著臉舉起手來。

「什麼問題？」琴轉頭，看著這名少年。

這名少年叫做小耗，技是各種麵粉做成的食物，更是冷山饌的兒子兼徒弟，琴第一次見到他時，他正施展詭計，從夜市攤販手中詐取千萬元，論智計，絕對稱得上是一名小鬼才。

「小耗，請說。」

「琴姊，」小耗似乎只要和琴說話，臉頰就會自動增溫十度，紅得像是熟透的蘋果。「我、我覺得，還是有點不……不安全。」

「哪裡不安全？」

「我曾聽說鼠窟的地形極度複雜，包括原本的下水道、樹根與樹洞，以及老鼠們建造的洞穴，三者合一，將鼠窟打造成一座巨型地下迷宮，」小耗很認真的分析，「我們就算把貓引來，可能也無法順利穿過層層鼠窟，找到最深處的微生鼠。」

「簡單說，就是鼠窟地形太複雜嗎？」琴雙手抱胸，側頭皺眉。「我之前被抓進鼠窟，也被抓得糊裡糊塗，沒特別去記路，那該怎麼辦呢？」

「那怎麼辦？」眾人正一起陷入苦思之際，忽然，亂葬崗的遠處，傳來一聲暴喝。

「你死定了！奴才！」

「你死定了！奴才！」

琴訝異轉頭，她發現在不遠處，有三名身穿藍色制服的政府警察，正帶著戲謔的神情，追著一個男人，而男人後面則跟著一名年紀幼小的女孩，一大一小拚命的跑著。

這男人面容瘦削，似乎餓了好幾天，倒是跟在他後面的小女孩，兩條小辮子隨著奔跑而晃動，模樣相當可愛。

「你再跑啊？」三名警察停下腳步，其中一名警察伸出食指，食指上套著一枚戒指，直指著眼前男人的背影。「我數到三，你該知道陰界警察『無錠槍』的威力。」

「我停，我停。」男人一聽到無錠槍，全身劇顫，急忙舉起雙手，停了腳步。

「哎喔，你怎麼停了？」那名警察臉上出現邪惡笑容，「但是我已經準備好了。」

「啊？」男人一愣，「別、別開玩笑啊……」

「總得讓我過過癮吧！」只見警察食指指尖微泛紅光，紅光快速積聚成一團亮球，隨即噗的一聲，從食指急射了出去。

「救命啊啊啊！」男人慘嚎之際，亮球已然擊中男人的背，背上立刻冒出滾滾火焰。

只是，就算男人痛得在地上打滾，火焰仍舊不熄，燒得他不斷哀號。

一旁的琴看得於心不忍，別過頭，低聲問小才，「無錠槍，那是什麼？」

「無錠槍，是警察系統的寶物之一，能轉化道行成子彈。」小才回答，「只是這警察沒有用全力，射出來的子彈道行不高，所以最多只是灼傷，燒兩三個小時就結束了，如果這魂魄身體夠強壯，應該可以逃過一死。」

「警察的寶物？」琴問。「那是什麼？」

「警察系統的寶物主要是『無錠槍』，以及有陰界警車之稱的陰獸『鐵蝸牛』。」小才說，「不過真正危險的，是道行高的警察，他自己特殊的技。」

「技最危險……」琴完全理解，她可是體驗過電影院中，某個特警能叫出很多會吃人的「紙」。「那小才，我們還等什麼？」

「什麼等什麼？」小才一愣，看著準備要站起來的琴。

「等……我們去救他們啊！」

說完，琴就要從藏身的土堆後站起，可是才站到一半，周圍就立刻出現四隻手，硬是把她拉住。

這四隻手，分別是小才、小耗、大耗和冷山饌，沒錯，所有人的手都伸出來了。

「琴姊，別、別衝動。」也許因為拉著琴，小耗臉又紅了。「現在不該和警察交手。」

「為什麼？」琴跺腳。「可是，警察很過分欸！」

「琴姊，政府部門的囂張，已經不是一天兩天，而是一百多年的事情了。」小才低嘆。「尤其是三大黑幫崩潰以後，更是變本加厲。」

「是嗎?可是沒了十字幫，還有道幫和僧幫啊?」

「他們自知實力不足，僧幫追求明哲保身，道幫則是越走越偏；而最近興起的紅樓，更被懷疑是政府一手培植的黑幫勢力，目的是再分化黑幫。」小才嘆氣。「現在情況險惡，我們不該插手，琴姊。」

「怎麼可以……」琴正要繼續爭辯，眼前的畫面，再度發生變化。

惡警察停下腳步，露出恥笑的表情，站在滿身是火的男人周圍。

「記住，這就是遇到警察沒請安的下場。」只見三名惡警察還蹲了下來，從男人的身上掏出一個皮夾，手指夾出裡面的鈔票。「喔，看不出來，你還挺有錢的啊？」

「別這樣，」男人陷在火焰中，痛得不斷哀號，「這點錢，是我去黑暗巴別塔用生命換來的一點錢，要給我女兒……」

「住口。」惡警察甩了男人一個巴掌，起身，就要離去。

「你們這種行徑，我會去政府投訴，我一定……」男人身在火裡，痛苦得發出憤怒的吼叫。

「去投訴啊，你以為有用嗎？」惡警察們毫不在意。

「六王魂中，掌管生死門的孟婆是明理的，她會主持公道，她會……」

聽到孟婆，警察們的腳步頓時停住。

然後，三人慢慢的轉過頭來，這一秒鐘，男人張開嘴巴，啞了。

因為，男人在警察眼中，察覺到濃烈的殺意。

「不，不……」男人掙扎著，拍掉身上的餘火，半爬半跑的想要逃走。「殺人，警察要殺……」

「你很愛告狀嘛，看你魂飛魄散後，怎麼告狀？」只見另一名惡警察舉起了他的食指，食指上的戒指閃爍著紅色光團。

而且光團越聚越大，越聚越大。

「一個亂葬崗的魂魄，死了，也不會有人在意。」警察冷笑，「等你死了，我會把你拿去餵陰獸『鐵蝸牛』，讓你對這個世界有點貢獻吧！」

「啊啊啊啊！」男人慘嚎，看著警察戒指上的紅色光團陡然變形，成為螺旋的箭矢，朝著自己的臉而來。

這個警察是真的要殺自己。

他是認真的。

紅光箭越漲越大，而男人拚命爬著，爬著，他只想逃離這個致命的地方。

「不可以啦。」琴激動起身，她對著身後四人大吼，「見死不救，算什麼英雄，我自己去。」

我自己去。

當四個字如同水紋般往外擴散的同時，琴已經轉身，甩掉四隻手，從土堆後躍了出去。

她緊握著手上的陰界咖啡豆，此刻的她雖然能打傷三釀老人的一小塊皮，還不足以對付陰界警察，但她仍選擇往前衝。

她並不是想要改變世界的偉大人物，她只是不願意做會讓自己後悔的事。

而她知道不救這男人，她會後悔。

然後，就在她大叫狂奔，引得惡警察抬頭，將手上的無錠槍轉向她之際……

琴聽到後面傳來一個聲音。

『笨蛋嘿。』

琴一愣，隨即認出了這聲音，最愛明目張膽叫她笨蛋的，只有一個人……

「莫言！」琴邊跑邊大喊。「你快來幫我！」

『這種小角色，讓妳的小崇拜者解決就好嘿。』莫言的聲音聽起來似乎是從遠處傳來，『妳現在硬闖，只會造成麻煩啦。』

「小崇拜者？」琴回頭，她忽然懂莫言的意思了。

因為映入她眼前的，是一大片由白色粗線編織而成的網子，網子縫隙中正飄落著如細雨般的麵粉，這不是麵團是什麼？

麵團的技，只能讓人想到一個人啊！

「小耗！」琴開心的大喊。「來得好啊！」

「琴姊，妳說得對。」小耗畢竟是有道行之人，一瞬間就超過了琴，甩動手上的麵團網子，朝著那警察直罩了下去。

警察們在慌亂中，把無錠槍轉向小耗。

而小耗雙手一轉，網子宛如綁肉粽的繩子，一圈繞過一圈，同時捆住了三名警察的雙手，也同時壓制了三把無錠槍。

「嗯？你說什麼對？」琴問。

「是我們忘記了，身為人類魂魄，最基本的東西。」小耗說著說著，臉又紅了起來。

「嗯？」

「那就是見到弱者伸出援手的，慈悲心。」小耗紅著臉說完，一扯網子，在強大的拉力下，惡警察們紛紛跌倒。

只是跌倒的同時，一個道行最高的惡警察做出憤怒的最後掙扎，五根戴著戒指的手指，同時射出無錠槍子彈。

五發子彈，漫無目標的射了出來。

其中一發，更是直指琴而來。

「啊！」琴尖叫，往後退了一步，她的道行太淺，實在避不開這突如其來的攻擊，但……

子彈到達了琴的胸口，卻沒有發出擊中時的轟然巨響，反而像是水滴落到鐵鍋上般，叮然迸碎。

琴訝異低頭，赫然發現多了一只鍋。

就是這鍋，擋住了殺氣騰騰的子彈。

「說起鍋，我只會想到一個人。」琴順著鍋柄看去，她看到了一個憨厚的笑容，然後琴跟著笑了。「大耗。」

「小、小耗說得很對，」大耗搔著後腦，「跟著琴姊，很多忘記的時光，都會想起來。」

「很多時光，都會想起來啊？」

「那種熱血的日子啊。」大耗傻笑一下。「整天幹架，但卻充滿熱情與義氣的日子。」

「啊，小心！」琴一抬頭，赫然發現還有一發「無錠槍」的子彈，從網子縫隙中穿了出來。

而且惡警察的目標，不是表現威武的小耗，不是冒險衝動的琴，而是一路飽受欺負的男人。

「糟糕，他想殺人滅口。」琴眼見無錠槍的子彈離男人越來越近，而男人躺在地上，似乎已經重傷無力逃跑。

這一秒鐘，小耗旋身，手上一條麵團細絲射出，想要追上無錠槍的子彈。

而大耗也甩動大鍋，試圖要趕在子彈之前，將這男人的身軀給罩住。

但，所有的武器，都慢了一步。

子彈滋的一聲，射入了男人體內，然後一股比剛才猛烈十倍有餘的火焰，陡然從男人的眼耳鼻嘴，衝了出來。

火焰焚軀，琴忍不住把臉轉開，因為陰界資歷不深的她，都知道這男人終究是回天乏術了。

「可惡。」琴別開臉，眼眶慢慢紅了。「可惡啊。」

「琴姊……」小耗嘆氣，「有時候，這些事情很難避免啊。」

「嗯。」琴仰著頭，吸了一口氣。

她看著天空，不禁想著，這陰界好不公平喔，政府太強勢，陰魂因為畏懼政府的力量而退縮，久而久之……退縮竟然已經變成了習慣？

他們所說的三大黑幫的年代，又是一個什麼樣的光景呢？

「琴姊，那我們該怎麼處理這三個警察？」小耗拉了拉網子，網下的警察一陣哀號。

「我想，既然他們顧忌孟婆，就抄下他們的警察號碼，然後交給……」琴想起自己與孟婆有一面之緣，在琴的心中，孟婆是一個溫柔又強大的高手，由她來主持公道，最適合不過了。

琴正要繼續說，忽然眼前出現一片雪亮的光芒。

「不對！」

琴認得這光芒，這是小才揮舞透明雙斧時，所產生的眩目美麗的光影。

「什麼不對？小才。」琴訝異。

「政府官官相護，怎麼可能會給警察教訓？更何況，琴姊妳一放他們回去，通報黑白無常，警察大軍馬上就會襲來。」小才的斧頭，就停在警察腦門前。「琴姊，請深思。」

「但他們應該由真正的法律來裁定……」

「陰界？法律？」小才笑了一下，手上的斧頭刀鋒，已然落下。「那是什麼？可以吃嗎？」

「啊！」琴尖叫，因為她伸出手，卻已經來不及阻止，那正在落下的斧頭。

錚。

斧頭的刀鋒已經陷入地面。

而剛好位在斧頭路徑上，三個惡警察的脖子，也同時斷成兩截。

「你！」琴睜大眼睛。

「琴姊，對不起，妳剛到陰界不久，真的不知道這裡警察的恐怖，更不知道黑白無常親自出手的厲害，」小才低頭，一收剛才強勢的作風，回到原本謙卑的樣子，「所以我就擅自出手了。」

琴瞪著大眼睛，看著小才，更看著周圍的所有人。

那當時阻止她的四隻手，冷山饌、小耗、大耗……每個人雖然都不說話，但眼神卻都不約而同的垂下，似乎認同了小才的做法。

「先是退縮，然後又以暴制暴，」琴嘆了一口好長的氣，「這就是現在的陰界嗎？」

「琴姊，我們先不要管這些事了。」小才收起了玻璃斧，再度露出陽光般的笑容，「我們不是在討論要怎麼攻入鼠窩嗎?現在鼠窩像迷宮的問題，我們該怎麼解決？」

「嗯。」琴側著頭，第一次，她覺得小才也是一個在亂世打滾過的狠角色。

該殺該斬，絕不手軟。

這樣的小才，竟讓琴感到有些不寒而慄。

「那這些警察的屍體該怎麼辦……」

「最近陰界的陰獸橫行，我們從不擔心這個問題。」小才笑了一下，「陰獸會咬走剩下的魂魄碎片，讓能量回到大自然。」
「喔。」而就在琴要回答小才的同時，忽然，她發現自己的衣角被人輕輕拉了一下。
然後一個稚嫩的聲音傳來，「大姊姊……」
「啊？」琴訝異低頭，發現原來拉她衣角的，正是剛剛跟在男人後面，綁著兩條小辮子的女孩。
「啊，妳是剛剛……」琴露出憐憫的表情，摸著這女孩的頭，「姊姊來不及救妳爸爸，對不起。」
「大姊姊，他不是我爸爸，只是叔叔。」小女孩搖頭，神情中有著看透世事的老練。「陰界，原本就是這樣，亂葬崗這裡更是嚴重，每天都有人被警察當靶子在打……」
「是嗎？」琴一聽，心更痛了一下，怎麼這麼慘啊。
「大姊姊，但我要告訴妳一件事，」小女孩的年紀約莫七八歲，仰著頭，看著琴，露出勇氣十足的表情。「我剛剛有聽到你們說話喔。」
「聽到我們說話？」
「所以我知道。」
「知道？」琴聽得一頭霧水。「知道什麼？」
「我知道……鼠窟內部的路徑怎麼走。」
「啊？妳知道鼠窟怎麼走？！」琴張大嘴巴。
「因為我從小就在亂葬崗長大啊，我們有一大群小孩，從小就愛四處探險，樹根區的地下通道是我們最愛玩捉迷藏的地方，所以我很清楚地形。」

「妳清楚地形？所以妳可以帶路？」琴和眾人互望了一眼，這女孩若真是在亂葬崗長大，那肯定是天上掉下來的禮物，只是，事情會這麼好嗎？

突然出現的幫手，到底是吉是凶？

「是的，我可以帶路。」小女孩抿著嘴，用力的點頭。

「小女孩，妳叫什麼名字？」

「大姊姊，我叫妞妞。」

「嗯，妞妞，姊姊要告訴妳喔，」琴蹲下身子，摸著妞妞的頭，「我們現在要做的事情非常危險喔，妳若是加入其中，可能會危及妳的生命。」

「我不怕。」

「不怕？」

「因為老鼠來了，所以我媽被咬死了，我爸也被咬死了，剛剛我唯一的叔叔，也被惡警察殺了。」妞妞的小拳頭握得好緊，「我想把老鼠趕走，我們都想把老鼠趕走！」

「可是……」

「而且，從昨天開始，我們就發現，老鼠和以前不太一樣囉。」妞妞把聲音放低，像是在說一個秘密。「牠們跑的速度比以前更快、更急，我們就猜想，一定發生了什麼令老鼠們害怕的事情，然後，你們來了。」

「我們……」琴和夥伴們再互看了一眼，是因為我們的到來，所以改變了老鼠們的生活規則？讓牠們看起來混亂了嗎？

「所以我想幫忙，」妞妞咬著下唇，「我想幫你們，我一定可以幫你們的！」

「可是……」琴遲疑著，她發現，所有夥伴的眼中也有相同的疑慮。

引貓來衝擊鼠窟已經很危險了，如今再讓一個來歷不明的小孩帶路，豈不是火上加油？

「相信我，拜託，相信我！」妞妞大聲喊著，「相信我們！」

相信我、們？

琴在這一秒鐘，像是感受到了什麼，抬起頭，她赫然發現，就在這座公園的周圍，竟不知不覺出現了好多人影。

每一個人影都是小孩。

每一個都和妞妞一樣，有些骯髒、有些瘦小，卻都擁有相同堅定的眼神。

那眼神都在說著同一件事：我們想改變，我們想要趕走老鼠，我們想要找回充滿陽光的亂葬崗。

「拜託。」妞妞大喊。而數百名的小孩也一起喊著，聲勢浩蕩，「拜託！」

這一秒鐘，琴閉上了眼，深深吸了一口氣。

「好，就這樣決定了。」

「決定是？」所有小孩、所有夥伴均同時看向琴。

「請妳帶路吧。」琴睜開眼睛，微笑。「帶我們和貓群，一口氣衝入鼠窟吧！」

「貓咪，是能穿越陰陽兩界的高級陰獸，多數的時間都居住在陽世，只有在子時，也就是晚上十一點，會以群聚的方式出現在陰界。」琴整理著小才等人蒐集來的資訊。「我這樣說，對嗎？」

「正是。」

「而我們現在有了負責貓食的人，也有了帶路的人，應該沒問題了吧？」琴看著大家，這個搭拉搭拉救樹計畫超級坎坷，每個環節都像是在下賭注。

不過，琴的目光掃過眾人時，卻發現了一個異樣。

小才的眉頭，是皺著的。

「小才？怎麼了？」琴看著小才，「你還擔心計畫嗎？正所謂謀事在人，成事在天，我們這次計畫就算失敗……」

「琴姊，我不是擔心計畫失敗。」小才仰頭，他摸著自己的胸口。「而是我的心臟，跳得好快。」

「跳得好快？」琴一愣，「按照愛情小說的橋段，你是遇到了心上人嗎？」

「但這是陰界，是奇幻故事，不是愛情小說啦。」小才大叫，「我從小到大，感到心跳加快的次數不多，不到五次。」

「不到五次？那是發生了什麼事？」

「第一次是我和小傑還是新魂的時候，當時我們好弱小，被幾隻B級陰獸『惡水蟑螂』逼到絕境，那時小傑留下來殿後，與這群惡水蟑螂單挑，當時，我的心跳就是這麼快。」

「聽起來很危險。」琴吞了一下口水。

「最近的一次，則是十字幫消失以後，我們兩個被政府警察追殺，他們派出道行高強的殺手沿路追著我們，我們被迫兵分兩路逃走，小傑運氣不好，追他的人是六王魂等級的高手。小傑就要喪命之時……我也有心跳加快的不好預感。」

「這麼危險？」琴喃喃自語，「那你這次的心跳加快，顯然不是因為愛情來囉？果然是奇幻故事啊。」

「是，這次的心跳加快，」小才苦著臉，「恐怕也是這樣的情況，小傑有危險了。」

「是什麼危險？」琴看著小才，「你能感覺到嗎？」

「我無法詳細描述這種感覺，但小傑的危險，肯定……」小才用力吞了一口口水。「和老鼠有關。」

「老鼠啊……」琴與其他人的眼睛，一起集中到遠處的橄欖樹下。

難不成，始終沒有現身的小傑……是在鼠窟下面？！

「而且，我可以感覺到小傑身陷黑暗之中，動彈不得，僅靠著黑刀釋放出來的殺氣，與一群紅色的小眼睛對峙。」小才閉著眼，他正展現著雙胞胎驚人的感應能力。「而且，道行終會耗盡，只能撐到子時。」

「紅色小眼睛?那不就是老鼠嗎?也許，小傑才是令群鼠混亂的原因!」琴歪著頭，「只是我不太懂，小傑行事穩重，怎麼會幹這麼衝動的事?坦白說，小才，如果是你，我還比較相信。」

「欸欸，琴姊，妳這樣講，我實在不知道怎麼回答妳哩，」小才苦笑，「小傑有時候也會衝動啊。」

「也許，他是發現了什麼，才情不自禁的一直往下探去，」這時，小耗說話了，「而且我猜他也不知道鼠窟裡頭竟藏著S級陰獸微生鼠，才會陷入進退兩難的窘境吧。」

「你說小傑可能發現了什麼嗎?」琴看向小耗。

「是，從武曲所藏的第一項食材來看，每項食材其實都藏著武曲的一個人生秘密，橄欖樹下，應當也是如此。」小耗看著琴，臉又忍不住紅了。

「所以小傑肯定看到了那東西?」

「我猜是啦。」小耗搔著腦袋，再和琴說下去，他的臉可能會當場爆開。「而且我猜亂葬崗下面必有秘密，因為鼠群逐寶地而居，牠們來得太奇怪，土地之下定有古怪。」

「嗯，無論如何，所有謎底都會在鼠窟下面得到解答，對吧?」琴問道，「小耗。」

「是。」小耗用力點頭。

「子時……也正好是貓群回到陰界的時間，實在太巧了。」琴起身，注視著眾人，「所有條件都到齊了，那我們還等什麼?」

所有人一起看向琴，他們眼中是同樣的光芒。

「今晚，就讓我們來大鬧鼠窟吧。」

「距離子時還有兩個小時，這段時間我們兵分多路，」琴說，「冷師父，麻煩你負責貓食的部分。」

「這沒問題。」冷山饌露出笑容。「小耗、大耗，我們一起來吧。」

小耗和大耗同時點頭，他們發現，此時的冷山饌已經不同了，失去味覺顯得意志消沉的師父不見了，取而代之的，是當年在政府中，燉出讓人吮指回味，「不寂寞湯」的名廚。

是因為遇到琴嗎？彷彿內心的某一塊，正因為琴而被喚醒了。

「妞妞。」琴轉頭看向那綁著兩條辮子的女孩。

「嗯，大姊姊，什麼事？」

「那妳可以告訴這附近所有的孩子一件事嗎？」琴蹲下來，視線和妞妞在同一個水平線上，琴認真的看著妞妞。

「嗯！」妞妞用力點頭。

「子時一到，所有人能躲則躲，」琴慢慢的微笑起來，「因為捕鼠大隊就要來了。」

捕鼠大隊，就要來了。

「好。」女孩語氣興奮，突然伸手，抱住琴的脖子，琴先是吃了一驚，隨即又笑了。

「幹嘛？」

「大姊姊，妳真的好像她喔。」

「她？」

「沒事。」妞妞縮回雙手，露出可愛的笑容。「那我們子時見。」

「子時見。」琴微微一笑，看著妞妞嬌小的身影跑向其他的孩子，然後孩子們一鬨而散，顯然去通知所有居民了。

目送著妞妞和小孩們離開，琴不禁讚嘆，妞妞這女孩未免也太堅強了，面對親人的死亡，竟然還能如此平靜？

「琴姊，妳知道剛才很危險嗎？」小才沒有立刻離開，他低聲問道。

「危險？」

「如果那個小女孩要殺妳，那一抱妳就沒命囉。」

「嘿，她只是一個小女孩，哪來殺我的念頭？」琴瞪了小才一眼。「幹嘛老用小人之心度君子之腹啊？」

「在陰界，外表就像是廣告傳單一樣，永遠都不可相信啊，外表像小女孩，誰知道她幾歲啊？」小才冷笑。

「那是你想太多了，哼，小心擔心多老得快！」琴喜歡小女孩，實在不想把小女孩的形象給醜化。

「算了，現在不是擔心這件事的時候。」小才嘆氣。「琴姊，那我要幹嘛呢？」

「你啊，就好好感應一下小傑的危險吧。」琴看著小才，「有危險的時候趕快告訴我們，我們讓計畫提前進行。」

「嗯。」小才點頭，「那妳呢？最後這兩小時……」

「這次的計畫太危險，所以我要再去拜託一個人。」

「誰？」小才一愣。

「你和小傑雖然不喜歡他，但也不得不承認他實力的一個人。」琴眼望遠方，輕輕吐出一口長氣。「擎羊星，莫言。」

就在小才準備離去之際，突然小耗喊住了他。

「小才。」

「幹嘛？」小才停步，回頭看著這個曾經敗在自己手下的男孩。

「你剛剛說心跳加快不到五次，對吧？」

「是啊。」

「最近一次，你們被政府追殺，小傑被政府六王魂等級的高手逮住，你們是怎麼逃過一劫的？」面對小才，小耗不再臉紅，一雙古靈精怪的眼珠，轉著轉著。

「……」小才沒有立刻回答，只是看著小耗，眼睛慢慢瞇起。「你真的想知道？」

「當然。」

「後來我趕到了，與小傑聯手，打出我們雙胞胎一起才能施展的招數，然後驚險逃出來。」小才嘻嘻一笑。「這可是一個好可怕的回憶哩。」

「喔，你們合作，打出超級絕招？」小耗點頭。「擊退了六王魂等級的高手？」

「不能說是擊退，只能說逃過一劫。」

「那絕招，當琴姊在醫院被莫言抓走時，你們沒有打出來？」

「那招，很危險。」小才笑，手上的斧頭正隱隱散發著殺氣。「非到必要，我們不會用。」

「是嗎？」小耗側著頭半晌，然後轉身，快步跑走，「我懂了，再見。」

小耗拚命的跑著跑著，他跑得比以往都快，因為他感覺到自己的背脊正浮現一粒一粒的雞皮疙瘩。

差點，就被殺了耶。

「再問下去，可能會被殺吧，不過為了琴姊，還是得搞清楚哩。」小耗跑著，直到追上了師父與師弟的背影，他才鬆口氣，回過頭，發現小才仍站在原地。

黝黑且精悍的身材，傲立在陽光下，雙眼如同老鷹，凝視著小耗。

等到所有人都離去，琴找了一塊草皮坐下，突然仰頭，高聲說道。

「嘿，我知道小才他們在，你就不會現身。」琴的話中帶著笑意。「出來吧，莫言老友。」

這聲「出來吧」剛落，琴就感覺到她背後被一個人影所籠罩，這人影雖然高大，但移動聲音卻異常的輕巧，像隻身手矯健的老貓，無聲無息的出現在琴背後。

「妳倒是越來越驕傲了嘛，對我都敢大呼小叫？」那人影雙手插在口袋內，俐落的光頭，一副墨鏡，展現一種非主流形式的帥氣。

「我怎麼敢對你大呼小叫？」琴沒有回頭，只是微笑。「我是想你一定湊巧在附近吧？」

「我非在附近不可啊，因為有個笨蛋，忘記自己正被陰界的黑白兩道追殺，還一個人在公園裡面閒晃。」莫言還是令人熟悉的刻薄語氣。「我不出來照顧一下，這笨蛋很快就會被政府抓走了嘿。」

「呵呵。」琴不以為意，她早已習慣莫言這刀子口豆腐心的性格。「莫言，有件事我想請你幫忙。」

「不可能。」莫言直截了當的說道。「要我幫忙那個愚蠢的搭拉搭拉救樹計畫嘿。」

「啊？」琴一愣，「你已經知道了？」

「我當然知道了，我可是神偷，要聽到你們說話太容易了，」莫言冷笑，「而且你們的計畫漏洞百出。」

「漏洞？哪裡有漏洞？」

「笨蛋，妳知道貓是什麼樣的生物嗎？牠們乍看之下獨來獨往，事實上卻是階級分明，老貓不動，小貓可不敢亂跑，若不注意，冷山饌的好手藝一開始都會被小貓們吃光，怎麼引得出老貓？」

「貓有分階級？」

「當然，貓中之王也是十二陰獸之一，人稱夜影虎，那可是被公認最具危險性的一隻陰獸。」莫言繼續冷哼，「不過這隻貓也消失好多年了，要找貓群對付微生鼠，擾亂可以，但對上微生鼠，還是要靠自己的。」

「了解。」琴聽著莫言不斷碎碎唸，嘴角慢慢揚起，「然後呢？」

「還有，妳想想看，亂葬崗明明是塊寶地，十幾年來卻沒有陰魂敢靠近，老鼠群之中除了微生鼠，肯定還有其他A級的老鼠，你們可要有心理準備。」

「是。」雖然莫言仍沒停止碎碎唸的意思，琴的嘴角卻越揚越高。

「笨女孩，A級老鼠分為兩種，一種是成群結隊攻擊的翅鼠，另一種是史上最大的老鼠，人稱『鯨鼠』，都稱得上是超級危險的怪物。」莫言說到陰獸，可是如數家珍，只聽他滔滔不絕的說著，「如果遇到牠們該怎麼辦？妳想好了嗎？笨蛋琴。」

「這倒是。」琴的嘴角還在上揚。

「還有嘿……」莫言正要繼續唸下去。

「嘻嘻。」琴終於忍不住，笑了出來。

「笑啥？」莫言皺眉。「妳精神錯亂嘿？」

「因為我覺得，你其實很棒啊。」

「啊？」

「如果你不是擔心我們，就不會一直提醒我，嘻嘻。」琴仰著頭，看著這個讓陰界黑白兩道都頭痛得要命的鬼才神偷。

他，其實非常的溫柔啊。

「笨蛋！」莫言眼睛一瞪，「我是在罵妳欸。」

「呵呵，好啦，那我問你，如果是當年的武曲，她會怎麼做？」琴看著莫言。

「她……」這一秒鐘，莫言竟然沉默了。

「幹嘛發呆？」

「她啊，」莫言呆了幾秒後，才終於開口，「我想，會和妳做一模一樣的事。」

「啊？她會做一模一樣的事？」琴一愣。

「所以妳和她一樣，都是笨蛋中的笨蛋。」

「呵呵，所以，你可以幫我們嗎？」琴雙手合十，雙眼閃爍著懇求的光芒。

「真的要我幫忙？」莫言臉上閃過一絲冷笑。

「真的啊！」琴看著莫言的笑容，突然間，她心頭湧起一股不祥的預感，這個莫言一路被自己吐槽，難道有什麼絕招可以反擊嗎？

「那很好，妳的腦袋和武曲一樣傻乎乎，但論實力，卻差了她十萬八千里，要進鼠窟，最重要的事，就是先提升妳的實力。」莫言的冷笑越來越大。

「我有陰界咖啡豆……」

「只剩三顆，妳以為能對付多少老鼠？」莫言嘿嘿的笑著，「而且三讓老人親自種出來的咖啡豆可值錢了，被妳這樣亂撒，還真令人心疼。」

「是喔，那你打算……」琴感到越來越不安，忽然間，她低下頭，赫然發現自己的雙手，竟然被一個東西給包了起來！

一個琴絕對不想見到它出現的東西。

「收下我的禮物吧。」莫言冷笑擴張到極限，「一對專門提升妳實力的禮物，就叫做收納袋。」

「莫言！你！」琴愕然，這收納袋可不是放在別的地方，而是在自己的雙手上。

一左一右，一對收納袋，剛好分別把琴的左右手給包了起來。

「兩個小時嘿。」莫言雙手再度插入口袋裡，輕鬆得意的往前走，他腳步好大，一下子就晃得老遠。「兩個小時內妳要突破極限，要解開這對收納袋，不然妳就要帶著它們去鼠窟了。」

「莫言！莫言！」琴跺腳，「你給我回來！醜死了啦，哪有人在淑女的雙手綁塑膠袋的！真的很醜欸！」

「最後，再給妳一個提示嘿。」莫言得意的笑聲從遠處傳來，「一開始，武曲的技是靠雙手才能發揮全部力量喔。」

武曲的技，必須靠雙手才能發揮全部力量？

琴微微一呆，武曲的技應該是「雷電」，但這樣的技，為什麼和雙手有關？

而就在琴發愣之際，莫言高大的身影已經完全消失了，只剩下殘破的亂葬崗公園，還有雙手套著收納袋的自己。

「好醜喔。」琴看著自己的雙手，幾乎要哭出來，「鍛鍊可以很優雅啊，為什麼要用這種醜死人的方法啦！」

琴此刻在心裡暗暗發誓。

莫言這個討厭鬼，我若是解開了這醜不拉嘰的收納袋，我一定要狠狠地、狠狠地，非常狠狠地，揍你的光頭一拳啊！

1.3 正電與負電

琴在陽世的時候，和多數的女孩一樣，也曾經憧憬過愛情，談過幾場戀愛，也因為失戀流過幾次眼淚，但愛情這條路，卻始終無法走得長遠。

為何戀人最後總會分手？雖然人們可以找到理由，像是感覺淡了，距離是愛情的殺手，第三者介入難以抵抗，或是什麼什麼什麼……但其實琴很清楚，她的愛情無法繼續前進，是因為少了「那個東西」。

那個東西是什麼？琴也說不上來，似乎是一種感覺，一種為了愛情就算犧牲一切也無所畏懼的感覺。

因為每段感情都少了「那個東西」，所以琴往往成為先放棄的人。

第一個男友有了新的曖昧對象，當琴知道，她只是高傲的抬起頭，甩男生一個巴掌，然後轉身離開，再偷偷哭了兩個晚上，而且從此不再和那男孩聯絡。

第二個男友則是因為和琴各忙各的，感情淡了，琴慢慢把步調放慢，聯絡變少，然後在一個晚上，他們在網路上和平分手，那次，琴哭了一個晚上。

第三個男生甚至稱不上男友，他的年紀比琴大了八歲，已經有一個長跑七年的女友，男生對琴一見鍾情，不斷說著琴才是他孤單心靈的伴侶，願意為了琴放棄七年的感情，但琴卻始終表現冷淡，於是兩人還沒有開始，就結束了。

那男人在結婚前的一晚，還用網路寄了封信給琴，「如果當年妳也展現一點熱情，一點點就好，我就會放棄一切和妳在一起。」

琴看了信，想了幾秒，然後回信。

「謝謝你，但，請不要再寫信給我，」琴打字很快，比以往每次打字都還快，「因為我不想把信轉給你新婚的太太，請你珍惜她。」

這一次，琴沒有哭，勇敢的沒有哭。

琴熟識的男孩並不少，她有一股對事情認真的傻勁，讓男孩們不斷靠近，但多數的男孩都會因為琴對感情的冷淡而知難而退，不過，仍有一個男孩停了下來，這男孩停在很安全的距離，不太靠近也不太遙遠，於是琴與這男生變成了老友。

那個男生叫做阿豚。

某天，琴曾經這樣對阿豚說：「我覺得，還好我們沒有在一起。」

「為什麼？」阿豚正在打電動，他和琴夠熟，所以偶爾琴來找他，他還是會繼續打電動。

「你和我在一起，肯定會分手，」琴雙手托住下巴，看著窗外，「然後我們就沒辦法變成這麼自然的老友了。」

「等等，我有問題，為什麼妳斷定我們會分手？」阿豚繼續和螢幕上的怪物纏鬥，他正在玩一款殺怪物賺寶物的遊戲，叫做「地獄遊戲」。

雖然已經有不少人因為玩這遊戲而喪命，但是阿豚好像完全沒在怕。

「因為我是怪人啊，對愛情超冷感。」琴表情帶著微笑，但語氣卻有些哀傷，「我們現在這樣最好啦。」

「那是沒遇到對的人啊。」阿豚的眼睛沒離開螢幕，「我問妳，妳想談戀愛，除了剛開始的衝動之外，還有沒有其他的什麼，是妳最後想看到的東西？」

「最後想看到的東西？」

「像是我玩這款遊戲，目的只有一個，」阿豚在百忙之中抽出手指，比了比螢幕，「就是看到破關畫面。」

「嗯。」

「所以為了破關，我可以熬夜、可以丟掉書本，不管死幾次都不怕重來，魔王很強我也會絞盡腦汁解決。」阿豚專注的打著電動，嘴裡滔滔不絕的說著，「妳對前幾段感情，有想要看到破關畫面嗎？」

「破關畫面？」這秒鐘，琴閉上眼，然後搖了搖頭，「坦白說，幾次戀愛下來，我一點都不想看到破關畫面欸。」

「那就是妳不愛那幾個男生啦。」阿豚笑。「不愛那個男生，就像妳正在玩不愛玩的電動，除了殺時間，根本沒別的作用啊。」

「是喔？」琴笑了，她超愛阿豚的比喻，雖然很冷，但是很傳神，她甚至想，若以後她寫小說，想要把這比喻用上去。

「那——」阿豚語氣微微一頓。

「那什麼？」琴側過頭問。

「如果是我，妳有想過破關畫面嗎？」阿豚說這話時，手指動得超快，似乎正卯足全力對付著螢幕上的怪獸。

如果是我，妳有想過破關畫面嗎？

這一剎那，琴呆住了，阿豚在問什麼？

只見阿豚沒有再繼續說話，但手指仍移動得異常快速，眼睛也直盯著螢幕。

「阿豚，你剛剛問什麼？」琴過了好幾秒，才小心翼翼的問。「你說什麼破關畫面？」

這一刻，時間彷彿靜止，琴感到微微害怕，阿豚要問什麼？而她又該如何回答？他們好不容易建立起來最輕鬆的距離，會因為這樣全面崩潰嗎？

但是，她卻看到阿豚「啊」的大叫一聲。

「死掉了！可惡！這怪物太強了啦！」阿豚大叫，用力摔了一下搖桿，「竟然被他打掛了，可惡，這關又要重來了啦！」

「呃，阿豚……？」

「對不起啦，打電動就是這樣，不小心會忘記隱藏自己的情緒，哈哈哈。」阿豚抓了抓頭髮，「我們剛剛聊到哪裡了？」

「我們聊到……」琴抬起頭，她看著阿豚，這個念理工、傻不隆咚的高個子，他眼眶裡面，竟然有一點點的水光。

琴的心，頓時柔軟了起來。「我們聊到，等一下要去哪裡吃下午茶。」

「是喔，說到下午茶，還真的餓了。」阿豚起身，伸了一個大懶腰，從門後拿起安全帽，扔了一頂給琴。「老地方，爆漿紅豆餅，OK嗎？」

「嗯。」琴雙手捧著安全帽，鬆了一口氣的微笑。

此刻，她衷心感謝阿豚。

他留給了琴和自己一條退路。

一條兩人仍能維持輕鬆關係的退路。

後來，念理工的阿豚更給了他和琴的關係，一種新的定義。

「原子結構。」

「原子結構是什麼？」琴皺眉，她欣賞阿豚，但很怕他老愛用理工的東西來分析事情，這可是邁向超冷工程師的黑暗之路啊。

「原子結構就像太陽系，中間的太陽是原子核，帶的是正電；周圍繞著太陽轉的行星，則像是電子，帶的是負電。」

「嗯，太陽系啊。」琴點頭，她努力的想像著原子結構。「然後帶正電的是原子核？帶負電的是電子？」

「是的。」阿豚這樣說著，「靠著正負電互相吸引，原子核抓住了電子，所以電子不會跑出原子結構裡面，但，問題是它們又不能太近，一旦靠得太近，電子被吸入原子核內，正負電就結合了……」

「正負電結合，會怎樣？」

「會爆炸，原子結構會崩潰，發出很燦爛的光芒之後，原子的生命就結束了。」

「喔。」琴隱約點頭，愛情是不是也是一種正負電交會時，所產生的燦爛爆炸呢？「那如果爆炸的話叫做什麼？」

「嗯，若原子崩潰，通常是核子彈等級的威力。不過如果只是指簡單的正負電交會，其實是一種大家都很熟悉的現象咧。」阿豚咧嘴笑。

「哪一種現象？」

「短暫且燦爛的釋放能量，」阿豚的笑容好大，「就是雷電。」

原來，正負電的交會，叫做雷電。

琴醒過來了，醒來時，她赫然發現，自己雙手的收納袋上，發生了超乎想像的悲慘事情。

收納袋上，竟被不知道打哪來的陰界野孩子，畫滿了字和圖。

那些字琴認得，大都是「笨蛋！」「好好笑！」或是「把塑膠袋套在手上的怪咖！」「新型態？塑膠袋美少女。」

琴看著那些字，又看了看自己雙手，她拚命壓抑著想要放聲尖叫的衝動。

「莫言，你給我記著，老娘……老娘一定會解開你這兩個袋子！然後親手揍你一頓！」

琴舉起雙手，想要甩掉收納袋，但就在這一剎那，她想起了阿豚的話。

「正負電的交會，就是雷電。」

「雷電？正負電的交會。」琴喃喃自語，而同時間，她腦海再嗡的一聲，她又想起莫言的另一段話：

「一開始，武曲的技是靠雙手才能發揮全部力量喔。」

雷電，雙手，正負電交會，這幾個東西有關連嗎？

「雙手……正負……」琴把手放下，看著自己的左手與右手，正隱約放出淺淺白光。

「如果我的一手給正電，一手給負電，是否就能放出更強的電？」琴看著自己的雙手，白光正在加強，她體內的技，正在自行啟動嗎？「但我要怎麼一手給正，一手給負？」

「阿豚說，電荷，就像愛情。」琴看著自己的雙手，正隱隱發出燦爛的電光，但電光零散，始終無法匯集成洶湧的電流。「雙手的電，就像是一個男孩，一個女孩……」

「還有，天使星說，陰魂提升自己的技，靠的是自己的想像力。」琴喃喃自語著，「假如，我將其中一隻手，想像成自己……」

自己。

這一剎那，彷彿在千絲萬縷的謎團中，找到了一個正確的解答。

琴右手的電，在此刻陡然亮起。

電光不只增強，更在收納袋中左衝右撞，眼看就要破袋而出，但收納袋畢竟不是凡物，它宛如一座柔軟的堡壘，將電光硬是封印其中。

「接下來才是難的，那左手，我該想誰？」琴苦笑，隨著雙手的電能不斷湧現，體力正以驚人速度消耗著，但就算她對陰界的技再駑鈍，也知道此時此刻絕對是關鍵——能否躍升陰界強者之林的關鍵。

三釀老人與天使星打開了她的基礎，但接下來，她必須自己踏出第一步。

雷電，就像愛情。

正負電短暫且燦爛的交會，就算燃燒彼此也在所不惜的熱情，就是武曲雷電技最根本的精神。

「左手，我該想像誰？」琴苦笑，她在陽世時，就是對愛情少了一份執著，才會在愛情路上始終擺盪。

她，真的能跨出這一步嗎？

琴開始想起自己曾經歷的幾段戀情。第一段，青澀的戀愛。

左手，沒有反應。

第二段，成熟但缺乏熱情的戀愛。

左手依然沉默。

第三段，一段幸好沒有開始的禁忌之愛。

左手表面的電能顫動了一下，最後卻依然沉靜下來。

「糟糕。」琴的額頭開始冒汗了，她可以感覺到體力像是關不住的水龍頭，不斷的從手掌中宣洩而出，這就是武俠小說中所說的「關卡」嗎？一過關卡，從此晉升武林好手的行列，但關卡沒過，恐怕就是力竭而亡。

「還有誰？難道是你……阿豚？」琴的心縮了一下，這段自己始終不敢跨過的戀情嗎？而當她開始想像阿豚時，左手的電光也跟著增強了。

「是嗎？」琴錯愕之間，隨即發現，電光雖然變強了，卻與右手樣子截然不同。右手是瞬間湧現巨大電流，但此刻的左手卻像是涓涓細流，是在增強沒錯，卻少了正負電交會時，那種義無反顧的瘋狂。

「不對不對，這不是愛情的原貌。」琴知道了，這畢竟是她與阿豚的答案，只是好朋友。阿豚，會是永遠守護著原子核的電子。

有一天，阿豚會找到一個願意與自己共生共存的原子核，只是，那枚原子核永遠不會是琴。

「所有的感情都想過了，也不是阿豚，那該怎麼辦？」隨著電流消耗體力，琴的呼吸越來越重，她快要虛脫了。「我這左手該想誰？」

在這關鍵的最後一秒鐘，奇妙的是，琴腦海不能控制的，浮現了生前所有好友的模樣，這些好友，甚至不是異性。

成熟幹練的是小風，嫻靜溫柔的是小靜，還有一個，神秘的男生背影。

瘋狂的體力消耗下，琴幾乎要昏厥，但在昏厥之中，她卻想起了那次的畢業典禮，在瘋狂的獻花人群中，小靜端上了花椰菜，成為最受矚目的經典，而小靜的背後，便是那個琴忍不住多看一眼的精悍男子背影。

還有，在營隊事件中，琴發簡訊請大家送來食物與湯，小靜帶來了巨大的鍋子，在鍋子旁，就是那一模一樣的背影。

你是誰？琴喃喃自語。

我見過你嗎？

一定，我一定見過你。

只是，究竟是什麼時候？在哪裡？

為什麼我們這樣熟悉，又這樣陌生，為什麼會想靠近彼此，卻又害怕靠近彼此？

然後，琴低下頭，她赫然發現，自己的左手上，正在發光。

燦爛異常的光。

電來了。

電終於來了。

那是一股和右手旗鼓相當的電，帶著強大的電能，正拚命吸引自己的右手。

雙手正在彼此吸引，琴要用盡全力，才能勉強抓住不斷想要靠近的左右手。

「原來，你就是我的破關畫面嗎？」琴在最後一刻，嘴角微微一笑，然後停止了阻止雙手的力量。

雙手，會合。

兩股電，在瞬間融合，然後爆發出更強大、宛如白金色小龍的電光。

白金小龍姿態威武，威力更是強橫，在琴的雙手間高速盤旋，一瞬間就衝破了收納袋，出收納袋後獲得自由，更爆發猛烈至極的白光。

燦爛暴力的白光，瞬間佔滿了琴的視覺，精疲力竭的她，承受不住這樣驚人的電力衝擊，就要失去意識。

而就在失去意識的瞬間，琴卻感受到了一股風。

那是一點都不遜於自己的電，強勁到足以將大樹連根拔起的風，但風雖強，卻一點都不冷，暖暖的，圍繞著自己和那個背影。

那背影轉過半個側臉，露出一個豪氣的笑。「師妹，我會記得妳說的話，夢想這東西，怎麼可以靠別人來實現。」

「啊?師妹……?」

琴想要開口，但畫面隨即被小風和小靜，以及所有人混亂的臉孔所取代，然後，轟的一聲，琴就徹底失去了意識。

不知道過了多久，當琴醒過來，她發現自己正躺在公園長椅上，臉旁放著一罐冰涼的飲料。

在她驚醒時，也察覺到公園長椅上除了她自己，還坐著一個人，那人手裡拿著一模一樣的冰涼飲料，正發出熟悉的嘮叨。

「醒了吧？這飲料叫做珍珠搖滾，是用陰獸雪珍珠加上陽世音樂混合而成，好喝又可以補充體力。」那人啜了一口飲料，露出帶著邪氣的笑容。「陰界網路上要買這飲料，至少要排一個月的隊。」

「所以你這罐飲料，是要給我的嗎？」琴聽到這聲音，頓時鬆了一口氣，因為這是她熟悉的聲音。「莫言。」

「廢話，放在妳臉旁邊，難道是用來幫妳趕蚊子的嗎？」莫言嘿的一笑，「快喝吧，這飲料除了好喝，還可以迅速恢復妳的體力，妳那個笨計畫的時間快到了嘿。」

「搭拉搭拉救樹計畫？時間快到了？」琴一驚，「距離子時還有多久？」

「十分鐘吧。」

「啊啊啊？」琴急忙坐起，「那那那，冷師父把貓食準備好了嗎？小傑還好嗎？還有那個妞妞呢？孩子們有來會合嗎？」

「放心，他們早就準備好了。」莫言又喝了一口珍珠搖滾。「現在就等妳下命令了。」

「喔，那就好。」琴起身，揉了揉太陽穴，並喝下一口莫言的愛心，珍珠搖滾。

嗯，真的好喝，而且才喝下肚，一股暖意就從脾胃湧現上來，體力果然恢復不少。

不過肚子一暖，琴的腦袋頓時清醒起來，她覺得，此時的莫言，好像不太對勁咧。

「欸，你怪怪的。」琴又喝了一口珍珠搖滾。

「哪裡怪嘿？」

「我在公園裡頭睡著，若是以前的你，老早就把我虧得半死，這次怎麼這麼客氣？還幫我帶飲料？」琴嘴唇嘟起，靠在飲料口的邊緣，啜飲著這罐涼飲。

「哈，妳是嫌我對妳太好嘿？」莫言眼睛一瞪。

「嘻，是有點不習慣啊。」琴單手托住臉頰，微笑看著莫言。「幹嘛突然這樣？發燒了嗎？」

「哼，什麼發燒？」莫言瞪大眼，「老子健康得很嘿。」

「那到底為什麼？」

「好，我說，因為我裝在妳手上的收納袋，用了一成功力。」莫言喝著飲料，「以我擎羊星的級數，一成功力的收納袋，已經足以封印有星格的魂魄，而妳，竟然還真的把這兩個收納袋給弄開了。」

「是喔？」琴低頭看著自己的雙手，她早已忘記收納袋的存在，現在回想起來，當時還真驚險，若是她慢一步想起那個男孩的背影，她現在可能體力耗盡，魂飛魄散了。

「也許，我只是說也許，」莫言瞇起雙眼，「妳真的是她吧。」

妳真的，是她吧……

「我真的是……武曲？」

「嗯。」

琴看著這個戴著墨鏡，一身悍氣的高瘦男子，突然感到一陣憐惜，莫言一定很想念武曲吧，所以當他發現琴越來越接近原本的武曲，才會失去了本來自然的樣子。

但，琴比較喜歡先前兩人互相鬥嘴，自自然然的相處方式。

「呵，莫言，」琴把身體湊近莫言，「你說完了嗎？那該我說囉。」

「嘿？該妳說？」莫言皺眉轉過頭來。「妳要說什麼？」

「我也有話要對你說，但我不打算用嘴巴說。」琴一笑，「請收好，這是要謝謝你的。」

「謝謝我，別那麼客……」

「謝謝你，把那麼醜的兩個塑膠袋，硬是套在我的手上啊！」琴突然大叫，叫聲中，她的雙掌已經伸出去了。

「塑膠袋？等一下嘿！」莫言看見琴的雙掌，陡然一愣。

只見琴的雙掌各自綻放不同模樣的電光，左手電光粗獷粗大，右手電光細膩純淨，兩電特性不同，卻各自耀眼，就在距離莫言臉頰的十公分處，猛然合一。

「什麼等一下？剛剛你把我的手套上塑膠袋的時候！有想到『等一下』嗎？」琴大叫，用盡全力，毫不留情的把自己剛領悟的技，一口氣打了出去。

「我說過了，我的是收納袋，不是塑膠袋嘿！」莫言回吼，而琴的雙掌，夾著猛烈電光，已經轟中了莫言的臉頰。

莫言的墨鏡破碎，臉往後仰了十餘公分。

「混蛋嘿，很痛欸。」莫言一咬牙，雙手靈光綻放，是他的絕技收納袋，收納袋捆住了琴的雙腳，然後猛然一拉，琴應聲摔倒。

而琴也不甘示弱，摔倒之際再打出電光，轟向莫言。

莫言單手回轉收納袋，宛如一塊專司防禦的鐵布，將電光盡數阻隔。

「再來！」琴大叫。「我一定要破你的塑膠袋！」

「我說過，這不是塑膠袋！」

「那是垃圾袋？」

「妳可以再過分一點嘿！」

兩人，就這樣互相用技扔擲對方，經過了三分鐘混戰，才慢慢的停了下來。

「喂！」最後，琴躺在地上，呼呼的喘氣。「幹嘛不拿出實力？你若認真，第一掌打不中你的，對吧？」

「我若拿出實力，妳早死了。」莫言拿下破碎的墨鏡，又是那雙湛藍色的雙眼。「時間不多了，妳還不快去和夥伴們會合？」

「喔，對欸。」琴一笑，拍了拍身上的灰塵，用力跳起，「那我先走了。」

「快去吧。」莫言冷笑一聲，「貓最愛吃笨蛋了，尤其是妳這種沒腦的笨蛋，小心點啊。」

「呵，終於，壞嘴莫言回來了。」琴對莫言的話語絲毫不以為意，只是揮了揮手，轉身就跑。「記得到時候要來保護我們喔。」

「做夢。」莫言冷笑，「找我當保姆？我可是神偷……」

「哈，」琴奮力跑著，這時還不忘回頭，「雖然揍壞了你的墨鏡，但我還是謝謝你，謝謝你提升了我的技，也謝謝你告訴了我這麼多事。」

「謝謝？我呸。」莫言躺在地上，沒有動，只是看著琴的背影消失在視線之中。

當琴的背影完全消失，莫言的表情慢慢變得溫柔起來，輕輕舉起珍珠搖滾的罐子，對著遠處琴的背影，做出乾杯的動作。

「不客氣。」莫言緩緩說著，彷彿在自言自語。「真的不用客氣……武曲。」

真的不用客氣……武曲。

然後一仰頭，他喝完了最後一口珍珠搖滾。

今晚，還有一場硬仗要打呢。

就在琴不斷朝貓街狂奔而去，冷山饌帶著一大鍋貓食等待群貓、小才端著雙斧全神戒備之時，亂葬崗的底下，最深也最黑暗的地方，一個男孩正盤腿而坐。

他的面前插著一把鋒利絕倫的黑刀，黑刀正散發著猛烈的殺氣，前所未有的殺氣。

殺氣形成一個半徑三公尺的圓，而男孩就在圓心處，閉目養神。

這男孩不是別人，正是地劫星，黑刀之主，小傑。

他閉著眼睛，不理會殺氣之圓以外，那數不盡的紅色眼睛。

紅色眼睛成千上萬，不斷閃爍著飢餓的光芒。

而且那些紅眼睛吱吱的聲音中，隱然有著一段規則的旋律。

「吱吱吱，殺氣之圓撐不久的，撐不久的，吱吱吱……」旋律是這樣唱著，「不久後，我們就有新鮮的大餐可以吃囉，吱吱吱，只要貓不來，那隻貓不來……」

小傑依然不為所動，他只是將殺氣之圓縮到最小，他要節省他的靈力，因為他知道，當小才帶著琴進入鼠窟，將會有一場無法想像的惡鬥展開，屆時他一定要派上用場才行。

「我一定會撐到琴姊來。」他低聲自言自語著，「我終於懂了，當年武曲選擇這裡放置第二項食材，是有原因的……」

是有原因的啊……

距離子時，還有兩分鐘。

貓街的貓，也一隻一隻從陽世顯出了真身。

搭拉搭拉救樹計畫，這個由琴親自主導、風險十足的計畫，眼看就要啟動。

只是這個時候，琴不禁想到，那個啟動自己左手電能的男孩，究竟是誰呢？

他現在究竟在哪？難道，他也來到陰界了嗎？

第二章・破軍

2.1 一木狼

這裡是柏的夢，他又夢回了陽世。

這次，柏夢見的，是他第一次接觸黑社會時留下的記憶，那時候的他才國中。

相信每個念過國中的人都知道，學生界裡面也有所謂的勢力版圖，只不過這些版圖，僅是大人黑社會世界的縮影而已。

國中生中所謂的大哥，說穿了，往往是借用爸爸或兄長在外面的勢力，吸引一些狐假虎威的小弟們，然後假裝自己已經是一方之霸，過一過當老大的乾癮。

不過，柏的威名，卻不是靠家世背景。他家裡只有一個七十幾歲的阿嬤，哪來的背景？他的靠山，向來只有那雙不怕死的拳頭。

而這樣硬底子的人通常只有兩種下場，一種是被學校老大籠絡，成為招牌打手，跟在老大旁邊吃香喝辣。

另一種，則是被排擠，成為所有勢力版圖欲除之而後快的棘手人物。

而柏，就屬於後者。

於是，柏的架一直打不完，他總是不斷的被盯上，舊的國中生老大想要除去他，新的國中生老大想要做掉他以立威。

柏下手向來不狠，但卻很重，只要一拳，就能讓對方立刻明白，自己與柏之間，有著永遠無法彌補的實力差距。

而說到打架，柏生平打過的架不少，但讓他印象最深刻，甚至日後影響最久遠的一場架，也是在國中發生的。

因為那是他第一次打架遇到大人，而且還是一個很會打架的大人。

那次打架的起因，其實沒什麼了不起，又是一個新老大想要打敗柏來揚名立威而已。這個老大用了不少詭計，找了十個人在橋墩下圍堵柏，但柏向來不怕人多，人再多，他都是一拳撂倒一個。

十個人，不過就是揮十次拳頭而已。

當十個人都倒地，柏轉了轉手腕，把眼神看向縮在後面的老大。

「嘿，你不是老大嗎？」柏看著這個縮在旁邊、正發著抖的國中生，「我的運動量還不太夠，你要不要讓我揍兩拳，滿足一下？」

「你死定了！」那老大雖然不斷發抖，嘴裡卻依然保有老大的嘴砲功力。「你知道我爸爸是誰嗎？他說會找他幫派中最強的打手來！給你教訓！」

「幫派中最強的打手？他在哪？」柏冷笑，「他是遲到了嗎？」

「他……」老大渾身發抖。「馬上就來，馬上就來了，有種你不要走！」

「神經。」柏皺眉，正要給那個老大一拳，讓這件事落幕，可是，忽然他感到背脊微微一涼，一種不安的感覺，宛如被毛毛蟲瞬間爬滿了背。

柏一驚退開，回頭看去，那個男人就站在那裡，微笑著。

一個手拿著香腸，身材高瘦，穿著白色背心，露出滿手臂刺青的男人。

「阿達。」那男人咬了一口香腸，「這就是你說的，那個調戲你女朋友，當著所有人面前踢掉你便當，要讓你在這所國中混不下去的男生？」

「是是，就是他！」那老大表情驚喜，急忙點頭。「木狼哥。」

「更！」柏嘴裡暗罵一聲髒話，我哪裡幹過這些事了？這個叫阿達的爛屁股，就是這樣把對方騙來的吧？

不過柏比誰都清楚，他現在再怎麼辯解也沒用了，因為對方來了，就是要將事情做個了結，理由與原因，早已經不重要了。

「看樣子這男生身手不錯啊。」那叫做木狼的男人，把香腸一口吞掉，只剩下一根竹籤。

「十個人，全部都是你撂倒的？」

「呼。」柏雙手握拳，嚴陣以待。「是又怎樣？」

「是啊，是該讓你了解，大人世界的真實模樣了。」木狼拿著竹籤的手，輕輕一揮。

下一秒，柏赫然發現那根竹籤出現在雙眼前方，尖端離自己眼睛只剩下五公分不到。

好準、好快的手勁。

「糟糕。」柏急忙側過頭，驚險的避開了這無聲無息的暗器。

只是下一秒，柏知道自己麻煩大了，因為緊跟在竹籤後面的，肯定是木狼的拳頭。

木狼的拳頭比竹籤更快、威力更猛，柏很清楚這已經不是轉個脖子就能避開的情況。

避不開，就正面迎戰吧！

柏不閃不避，反而微微低頭，用自己的額頭，直接撞向木狼的拳頭。

砰。

一陣讓柏頭暈的悶響過去，雙方都停止了動作。

「用頭部最硬的地方撞我的拳頭，也總比被我打中下巴好，好快的反射神經。」木狼轉了轉手腕，露出被尼古丁污染的黃牙。「看樣子，阿達惹到的，不是一個普通的打架高手啊。」

「呼。」柏再度全神貫注，他感覺身體正隱隱發抖著。

但奇妙的是，柏發現自己發抖的原因不是害怕，而是興奮。

因為，在他打遍國中各方無敵手之時，能夠提前看見另一個世界。

一個真正殘忍強大的成人世界。

「那就來囉。」木狼再度往前奔，而柏也跟著大吼，往前移動。

雙方的拳頭同時揮出，就在柏的拳頭快要碰到木狼臉頰的剎那，他的面上卻先傳來被重力擠壓的痛覺。

我先中拳了？柏咬牙。

臉頰上傳來的力量讓柏完全失去了重心，身體轉了半圈，摔跌在地上。

「靠。」柏摔倒在地，想要站起，忽然，眼前一黑，卻是木狼的腳底。

「記住，在黑社會打架，打倒敵人還不夠。」木狼的腳底越來越大，朝著柏的胸膛直踩了下去，「要打，就要把對方打死，因為不打死，哪天他會找機會把你弄死。」

「吼。」柏知道木狼這腳踩下去，他的肋骨肯定不只斷一根，匆忙之間，他將手滑入自己胸膛與木狼腳下的縫隙。

腳，踩在柏的手背上。

骨頭幾乎要折斷的痛，讓柏眼淚都快掉下來了。

「夠快，這麼快的反射神經，子彈要打中你，可能都不容易喔。」木狼語氣透露出讚嘆，但他的攻擊卻一點都沒有停下來。

木狼繼續踩，而柏挨了幾腳之後，終於找到機會抓住木狼的腳踝，用力一掀，硬是把木狼逼開，才千辛萬苦的從縫隙中逃了出來。

雙方再次交戰，柏不斷落在下風，但他卻始終沒有討饒，不停猛力對木狼揮拳，最後終於倒在地上，再也站不起來了。

而木狼卻在此刻停手了。

他蹲下，看著倒在地上的柏，露出滿口黃牙，「欸，小子，你叫什麼名字？」

「柏。」柏望向木狼的眼眸，他意外發現，木狼擁有一雙與眾不同的眼睛。

以往柏看到那些國中老大的眼神，除了偽裝出來的兇狠之外，只有一樣東西，就是空洞。

那是一種對未來的空洞，更是一種沒有力量的眼神，所以柏有自信可以輕易擊敗這些空洞眼睛的主人。

但是木狼不一樣。

明明身在黑社會，卻擁有與眾不同的雙眸，差別在哪裡呢？木狼的眼睛裡面還有一絲絲光芒，是對自己未來仍抱持著希望的光芒，那是一雙在黑社會中很罕見的眼睛。

「柏啊，你畢業以後，打算幹嘛？」木狼坐下，本想從口袋中掏菸，但想了一下又停住。「你應該不抽菸吧，能有這樣的好體力，不可能那麼早開始抽菸的。」

「不抽。畢業之後，我也不知道要幹嘛。」

「畢業之後，要上高中啊，要上大學啊，要考個公務員啊。」木狼笑，替自己點了一根菸。「你想這樣嗎？」

「我不知道。」

「好吧，如果你發現自己這些事情都做不成了，」木狼的眼睛在裊裊的白煙中瞇起，「那，就來找我吧。」

「找你……？」

「我可以帶你做點不同的事，不過我先說，黑社會就像是沼澤，」木狼抽著菸，依舊笑著，「任何人踩進來了，都只會越陷越深，從此再也無法離開。」

「嗯。」

「你有爸媽嗎？」木狼想了一下，又繼續說道。

「你問好多。」柏皺眉。

木狼伸手拍了柏的後腦杓一下，「靠，你不懂嗎？這是面試啊。」

「啊?面試?」柏抓抓後腦杓,「我沒有爸媽,我只有阿嬤。」

「靠,還跟我真像,不過我比你強一點,我雖然也只有阿嬤,但我還有一個弟弟。」木狼露齒而笑。「年紀和你差不多咧,他叫做小狂,是一個超級笨蛋。」

「喔。」

「那就這樣說定囉。」木狼起身,順便握住柏的一隻手,把他從水泥地上拉了起來。「哪天你發現自己什麼事都做不成,走投無路的時候再來找我,你的體魄可以幹很多事,去參加極限體能王都沒問題。」

「嗯。」柏發現自己雖然被揍得很慘,卻一點都不討厭眼前這個人,木狼。

「那我走啦。」木狼走了幾步,像是想起什麼似的回頭,看向這件事的始作俑者。「對啦,阿達。」

「怎麼了?木狼哥。」阿達和他十個夥伴急忙起身,畢恭畢敬的說。

「這小子,」木狼還是帶著笑,「我罩了。」

「可是,木狼哥,我們是要……」

「還頂嘴!」木狼的眼睛陡然睜大,殺氣從雙眼中暴射而出,宛如一尊踏著火焰、從地獄衝出的暴怒羅漢,讓阿達等人身體同時一震,有四五個人甚至跪了下來,其中一個就是阿達。

「是,是,是。」阿達和他的小弟們不斷發抖。

「告訴你的同學們,以後別動這小子,讓他好好讀書,免得他留下遺憾,嘿嘿。」木狼再度恢復笑臉。「記住囉。」

而當木狼離去時，還不忘把地上的竹籤撿起，他對著眾人搖了搖手上的竹籤，咧嘴一笑。

「打完架要清理現場，是一種禮貌喔。」

柏不禁想著，真是一個奇妙的怪咖，黑社會裡面也有這樣的人嗎？

也就是這場架，讓柏認識了木狼，後來輾轉拜了木狼為師，此後更在黑社會中擺盪數年，過了一段對柏來說，算是有趣的日子。

而木狼眼中那獨特的光芒究竟是什麼？柏則是一直到很久以後才知道。

不過，那也是木狼死掉之後的事情了。

大耗星·大耗

危險等級：2。
外型：年紀約莫二十出頭，骨骼粗壯，外型憨傻。
星格：丙等星。
能力：「鍋王」。

大耗生前愛吃，死後立志當上陰界美食家，「鍋王」之技於是誕生，這一大鍋不只可烹煮、可保溫，更可融合各式食材，成就極致鍋底。
大耗在陰界的願望，是完成屬於自己的火鍋食譜。

2.2 一三天

陰界，黑暗巴別塔旁的牛肉麵店裡。

「嘿，柏，你做夢了嗎？」

柏從床上一驚坐起，他轉頭，看見的是戴著白色鴨舌帽，露出熟悉笑容的男人，丙等星「歲驛」，阿歲。

柏瞬間從陽世的夢境被拉回陰界的現實，對，他是死了，他已經不在自己夢中的陽世，而是在充滿暴力的陰界之中。

「是，做了一個夢。」柏用手腕揉了揉太陽穴，每次夢回陽世，總讓他產生虛實錯亂的感覺。

「你陽世夢境的記憶，算停留滿久的欸。」阿歲露出嘿嘿的笑容，「幹嘛，又夢到那唱歌的女孩了嗎？」

「不是，這次不是。」柏閉上眼，「我夢見帶我進入黑社會的師父。」

「黑社會的師父？聽起來是一個恩重如山的人啊。」

「恩重如山嗎？我不知道，但他的確是一個厲害的人。」柏苦笑。「超會打架。」

「會打架？」阿歲眼睛眨了兩下，「還活著？」

「不，死了。」

「那挺有趣。」阿歲眼中閃過一絲奇異光芒。「若是命格奇異的人，魂魄也許還在喔。」

「你是說，他也在陰界？」柏揉太陽穴的動作陡然停住。

「如果，的確有可能。」阿歲說，「你知道的，從以前就有一種說法，那就是……有星格的人會互相吸引。」

「喔。」柏看著自己的手，木狼會在陰界嗎？若真的是如此，那肯定是一個不得了的魂魄。

「不過就是不知道，他能不能在陰界活下去，這裡可是充斥著陰獸、惡棍和戰鬥的地方啊，哈哈哈。」阿歲說完，自己忍不住大笑，彷彿這裡是一座兒童樂園。

「如果是木狼師父，」柏微笑，「我相信，一定沒問題的。」

若是木狼師父，肯定沒問題。

而且恐怕不只活下去，還會活得很好吧。

「呵，不聊你的夢了，也許你該先擔心你的朋友。」阿歲比了比身後的房間，「他已經被困住三天囉。」

「三天？」柏詫異之餘，接著想到另一個問題。「所以，我已經昏迷三天了？」

「這很正常啊，你和忍耐人打了一場四個半小時的硬仗，能醒過來已經是不錯了，還計較睡眠時間啊？」阿歲說。「不過，三天過去，你的新朋友，恐怕越來越危險了。」

「危險？」這秒鐘，柏回憶起他昏迷前的場景，黑暗巴別塔裡面的那場混戰，最後忍耐人是被自己的技給反噬，困在一塊有如棺木般的鐵塊中。

「是啊，陰魂是一種能量體，必須與外界保持流動，現在他一直困在密不透風的鐵棺內，遲早會窒息而死。」阿歲摩挲著下巴，「而且已經三天囉，嘖，凶多吉少啦。」

「該怎麼辦？」柏急忙問道。「那老闆娘和女鬼卒呢？」

「說到她們兩個，也已經僵持三天囉。」阿歲伸了一個懶腰。

「僵持？三天？」

「很難解釋啦，要不，我帶你去看。」

「好。」

柏快手快腳的從床上爬下，穿了件衣服，隨著阿歲來到放置鐵棺的房間，但在要推門而入的剎那，柏卻是一愣。

他的心臟一縮，為什麼裡面的風如此不安定？彷彿是狂風暴雨下的河流，正挾帶著充滿破壞力的泥沙，高速湧動著。

「怎麼？」阿歲察覺柏行動有異，皺著眉問。

「裡面，有鬼。」柏深吸一口氣，用力推開門，而房間裡的畫面，讓柏不禁張大了嘴，啞口無言。

門才推開，裡面風會湧動的原因，一目瞭然。

因為，裡面已經打起來了。

居中者是老闆娘，她面對著鐵棺而坐，而她的背後，女鬼卒高舉右手，五指併攏成手刀，以瘋狂的氣勢，朝著老闆娘的肩膀直劈了下去。

女鬼卒的右手泛著隱約黑氣，所經之處的空間竟然都隨之扭曲，變得模糊而怪異。

「這就是女鬼卒的技嗎？」柏訝異，他曾在黑暗巴別塔中，見過女鬼卒使用類似的技，是曾幫助壓制忍耐人傷勢的利器。

只見那夾著黑氣的手刀越來越近，眼看就要劈中老闆娘，但老闆娘卻彷彿渾然不覺，動也不動。

「小心！老闆娘！」柏又驚又急，正想捲起袖子衝進去幫忙，卻被阿歲一把拉住。

「沒事的。」阿歲露出嘿嘿的冷笑。「老闆娘的道行，可比你高明多了哩。」

「啊？」柏吃驚，「老闆娘也有道行？」

「而且，還不弱。」阿歲語氣驕傲。

女鬼卒的手越來越快，下一秒，更是直接劈中了老闆娘的肩膀。

黑氣爆發強烈能量，但，老闆娘卻絲毫不為所動。

「這就是妳的技？」老闆娘微笑搖頭，繼續喝著自己的茶，「怎麼有點中看不中用啊。」

「沒用？怎麼會沒用？」女鬼卒又驚又怒，舉起手又是一下重擊，力氣更是倍增。

但滿載黑氣的手刀，卻在擊中老闆娘孱弱的肩膀時，瞬間被吸納，失去了威力。

「妳得努力一點喔，我們約定好，如果妳能打敗我，我才會出手救妳的忍耐人啊。」老闆娘像個沒事的人。「而三天將至，他的魂魄也到極限了。」

「可惡可惡啊！為什麼！」女鬼卒又急又怒，眼眶已然含淚，這次她雙手同時舉起，兩股黑氣在她掌心快速盤旋，聚成掌心大小的黑色圓球。

「嗯。」老闆娘微微側過頭，看著那枚黑球。「幹嘛？生氣囉？」

「啊啊啊啊！」女鬼卒在尖叫聲中，雙手已然拍下，而那顆黑球更隨著女鬼卒的雙手，擊中了老闆娘纖細的背。

黑球雷霆萬鈞的碎開，整個房間同時感受到猛烈的震動，但，黑球下的老闆娘呢？依然，無事。

但這一擊，倒是讓柏透過風，看清楚了關鍵的那一刻。

黑氣絕非威力不足，而是在碰到老闆娘背部的一瞬間，突然萎縮了。

像是一顆原本飽脹的氣球，突然被人扎了一個小孔，靈力，就這樣隨著這個小孔，盡情流瀉而出。

黑氣沒有強大的靈力支撐，自然傷不了老闆娘。

只是柏不懂的是，那一個小孔是什麼？老闆娘到底做了什麼？

「妳的攻擊傷不了我的，」老闆娘繼續喝著熱騰騰的麥茶，「知道為什麼嗎？」

「為什麼？」女鬼卒不斷喘氣，她的黑氣習自於她的父親，是一種至強至霸的技，每次使用都大量消耗她的能量。「為什麼？為什麼？」

「因為，妳選了一個錯誤的技。」老闆娘單手撐在鐵棺上，回頭微笑。「這技太過霸道，並不適合妳的魂魄。」

「亂說，這是我父親教我的！」女鬼卒大叫，雙手一合，想要再度匯聚出黑氣。

但這一次，黑氣卻虛弱無比，始終無法成形。

「太累了嗎？」老闆娘瞇起眼睛微笑，「這技對妳的魂魄來說，真是太耗能量了？」

「可惡，我……我還有別的。」女鬼卒單腳一跺，她的身體竟然一分為二，像是兩股殘影，一左一右攻向老闆娘。

見到這一招，不只柏驚異，連老闆娘與阿歲都交換了一個驚訝的眼神。

「這招是無限分裂，可是貪狼的絕招。」老闆娘訝異。「妳啊，還真是亂學一通啊。」

只見女鬼卒兵分二路，同時攻向老闆娘，但老闆娘僅將手心平舉，輕輕拍了女鬼卒一下。

這一拍，女鬼卒的其中一道殘影再度潰散，跟剛才完全相同，又一次像被奪去空氣的氣球。

「怎麼會這樣？怎麼會這樣？」女鬼卒踉蹌後退，她氣息粗重，滿臉不可置信。

「妳學了貪狼的絕招，卻一點都沒有學到其中精髓，無限分裂裡面每個分身都是實體，殺傷力之強，絕對稱得上前十大技之一。」老闆娘嘿嘿乾笑。「妳的無限分裂卻是殘影，只能干擾敵人的視線而已啊。」

「討厭！討厭啦！」女鬼卒拚命忍著不要讓眼角的淚湧出，她用力一跺腳，「再下一招！」

「喔？」老闆娘眼睛瞇起，細細欣賞女鬼卒的每一個招數。

那是一座鋼琴。

只是這鋼琴太小了，像是專給兩歲小童玩耍的遊戲鋼琴。

「看我的，七色音符！」女鬼卒大喊，雙手用力擊向琴鍵。

但琴弦震顫，出現的音符卻不是七色，而是幽幽飄出兩色音符。

「天同星孟婆的七色音符，情意與殺意並存，也是技中的一代極品。」老闆娘再嘆氣。

「怎麼到了妳手中，變成這副模樣？」

老闆娘雙手一揮，再度拍向那緩緩飄來的軟弱音符。

音符一到老闆娘手上，再度被洩氣，消失在虛空之中。

這次，柏看得又更清楚了，老闆娘的手心有秘密，一根細針，就藏在她的指縫之間。

而老闆娘更藉著這根針輕戳女鬼卒的技，順勢洩去了能量。

柏好訝異，不只是這老闆娘動作的精密，更重要的是，老闆娘如何掌握洩去能量的「點」？

「哇。」女鬼卒的眼淚已經快要落下，她咬牙，雙手一拍，「隱匿在無光黑暗中寂寞的野獸，容許你思考並應承我的約定，出來啊！A級陰獸！」

只是，女鬼卒雙手拍完，過了幾秒，卻一點動靜都沒有。

「這是什麼？」老闆娘眼中帶笑。「一種新的拍手遊戲？」

「無法召喚A級陰獸……果然沒有成功過就是不行，但我曾經召喚過B級陰獸！」女鬼卒滿臉通紅，再度拍手，「隱匿在無光黑暗中寂寞的野獸，容許你思考並應承我的約定，出來！B級陰獸！」

B級陰獸？眾人再度屏息等待，只是數秒後，依然沒有動靜。

「這是喚獸技，是太陰星，女獸皇的技吧？」老闆娘看到這技，露出複雜無比的神情。

「她可不像妳這麼不濟事，她認真起來，可是能召喚S級陰獸的。」

「我、我，對B級陰獸，我明明成功過的！」女鬼卒急得直打轉，「快出來啊，陰獸！」

而就在女鬼卒快要嚎啕大哭之際，忽然間，房間天花板隱隱震動，然後一顆大頭，就這樣懸吊了下來。

那是一隻巨大的猴子頭顱，只是猴頭雖大，身體卻小得不成比例。猴頭睜著大眼睛看著女鬼卒，然後發出咕唧咕唧般的聲音，似乎在對女鬼卒說話。

「成交！」女鬼卒咬牙說道，而下一秒，那隻大頭猴露出一個可怕的笑容，然後陡然一個翻身，帶著恐怖的尖叫，以驚人高速撲向老闆娘。

老闆娘沒有動，表情卻比剛才略微嚴肅，她緩緩伸出手掌，對著不斷狂奔而來的巨猴。

「這是大頭猴啊，比較起來，妳對召喚技比較有天分。」老闆娘身體不動，只伸出手掌，靜靜等待這狂奔而來的B級陰獸。

而一旁的柏看著老闆娘與這頭陰獸的對峙，他發現自己的心跳微微加速，因為他正在目睹另外一個世界。

一個名為技的世界，這世界的技竟然是如此千變萬化，這麼寬闊無邊？

從貪狼的「無限分裂」、孟婆的「七色音符」，到太陰星月柔的「喚獸」，這些技在女鬼卒手中，也許變得不倫不類，但若回到真正的主人身邊呢？

擁有十四主星資格的貪狼，使出驚人的無限分裂，上千個貪狼的瘋狂輪攻是何等氣勢？

孟婆的七色音符肯定又美又危險，被她殺死，恐怕會產生幸福的感覺吧？

月柔能召喚出Ｓ級陰獸？柏回想起嘯風犬，那樣等級的怪物被喚醒出來肆虐，可是很恐怖的災難啊！

陰界，真的太寬廣了、太寬廣了啊！

「幹嘛，看到發呆啊？」阿歲右手放在柏的肩膀上，「看清楚點啊，這些都是陰界頂級的技喔。」

「嗯。」柏點頭。「這隻大頭猴看起來不弱，老闆娘沒事吧？」

「她會有事？」阿歲的笑容，爽朗且安心。「別忘了，她可是連我都會畏懼的牛肉麵店老闆娘哩。」

「是嗎？」柏感染到阿歲的自信，也微笑起來。

眼前，僵持的戰局終於要啟動了，大頭猴已經躍到了老闆娘面前，然後張開大嘴，露出密密麻麻的滿嘴利牙。

嘎！一聲尖銳猴啼，威嚇眼前的對手。

「陰魂是一種能量，能量的流動必須依循一定的路徑，這些路徑的交會處，就是最弱的點，稱為星穴。」老闆娘仰頭看著這隻比自己高了一倍的大頭猴，臉上是淺淺的笑容。「若能找到星穴，就能切斷能量的流動了。」

吼！大頭猴的利牙威嚇完畢，右爪陡然竄出，朝著老闆娘的腦門，甩了下去。

這一爪來得又急又猛，若真讓牠掃中，老闆娘脖子以上的部分肯定消失無蹤。

「你的星穴，很好找啊。」老闆娘微笑，在她眼中，此刻的大頭猴身體幾乎透明，而透明的身體內，布滿了不斷流動的白色線條。

白色線條，正是這隻陰獸體內能量流動的路徑。

而所有線條與線條交會處，都會出現一個小小的漩渦，數十個漩渦和數十道線條組成了一幅規律的圖騰。

圖騰，就是大頭猴全身的能量分布。

「有星格的人，這圖騰會特別美喔。」老闆娘淺笑，食指一顫，快速朝著大頭猴某個星穴的位置，戳了下去。

老闆娘的針，宛如閃電般刺入漩渦之中。

「咯？」大頭猴先是一愣，然後低頭看著自己的身體，這一瞬間牠沒看到的是，那個漩渦已經開始潰散，體內的能量線都以星穴為起點，開始快速崩塌。

「嘿，結束囉。」老闆娘伸出手，輕推了一下愣住的大頭猴。

而大頭猴就這樣直挺挺的往後倒去，倒下的過程中七孔噴血，全身的氣流盡數混亂，反噬自身，這隻兇惡的B級陰獸，從此殘廢。

一頭兇狠無比的B級陰獸，只因一針而全面崩壞，這樣的技術，誰說老闆娘很弱？誰說，老闆娘不是那個運針如神、醫術天下第二的息神星，周娘？

「呼呼呼……」大頭猴被老闆娘一針擊殺，女鬼卒則不斷喘氣，似乎已經精疲力竭，她遲疑著，是否要掏出口袋中的物品，打出下一個技。

「妳若是想打天府星白金老人的『一擲千金』，我勸妳就免了吧。」老闆娘收拾了大頭猴，又重新坐回椅子上，繼續喝著她的麥茶，露出輕鬆的笑容。「要打敗我，妳要花太多本錢，我不認為妳有這麼深的口袋。」

「哼。」女鬼卒的手顫抖著，她很清楚，老闆娘說得沒錯。

以她現在的狀況，就算打出白金老人的一擲千金，也無法對老闆娘造成足夠的傷害。

「我說過，如果妳沒辦法打敗我，我就不會出手救忍耐人。」老闆娘搖了搖頭，「從黑氣、無限分裂、七色音符、召喚術，到乾坤一擲，都沒有用了，妳還有招嗎？」

女鬼卒緊咬下唇。

六王魂中還有一個，天機星吳用，只是無論自己再怎麼纏著吳用叔叔，對方嘻皮笑臉的就是不肯認真教，所以她連天機星的技都不知道，更別提學會了。

「我……」

「也對，時間過了三天，這三天來妳真的絕招用盡了。」老闆娘一笑，轉身就要走，「而三天過去，妳朋友差不多沒命了，也該找人把這塊廢鐵給收走。」

「把這塊廢鐵給收走……」女鬼卒聽到這裡，原本慘白的臉登時漲紅。「不行，不行。」

「什麼不行？我已經陪妳耗了三天，妳還有什麼招數嗎？」

「就是不行啊！」女鬼卒放聲大叫，眼淚飆出，同時雙手一迴，黑氣再度出現。

曾經壓制鈴的毒，曾經壓扁阿歲的蚊子，連光線都會失去平衡的黑氣，再度攻向了老闆娘。

「最後，妳還是只信任這黑氣啊？」老闆娘搖了搖頭，右手食指往後隨意一比。「唉。」破了。

女鬼卒的黑氣在老闆娘的食指之前，陡然潰散，像是被戳開了一個洞的氣球，只能任憑靈力洩出。

黑氣一招被破，女鬼卒急忙收回雙掌，一個重心不穩，登時跌坐在地。

「怎麼回事？」女鬼卒坐在地上，終於忍不住大哭起來。

從小居住在政府核心，那些權傾陰界的叔叔伯伯阿姨，都會讓她三分，哪裡像眼前這個臭女人，下手和嘴巴都一樣壞！

「看樣子，如果妳還沒搞懂，這鐵棺就只能當廢鐵……」老闆娘把杯子中的麥茶飲盡，就要走出房門。

「不行啦！不行啦！」女鬼卒急忙一抹眼淚，再次分裂成兩個，一左一右撲向老闆娘。

「就說妳在浪費我的時間。」老闆娘再度隨意往後戳去，女鬼卒不成熟的技再被攻破，整個人摔倒在地上。

女鬼卒的眼淚雖然已經流下，但她用力一抹眼角，又拚命站起。

又一次，她站起來，要拚。

她不想，不想放棄啊。

「老闆娘這次真的有點過分了。」這時，站在門旁的柏已經按捺不住，右拳緊握，就要衝進去。「不幫忍耐人醫治就算了，何必如此為難女鬼卒？」

「傻瓜，安靜看就好。」阿歲捉住柏的肩膀，阻止他衝入房間的慾望。

「為什麼？」柏皺眉。

「老闆娘又兇又臭屁，個性超級沒耐心，你又不是不知道。」

「超沒耐心？這是你自己講的吧。」柏一愣。「就算是，但和這件事有什麼關……」

「一個超級沒耐心的人，卻花了整整三天三夜，和這女孩耗？」阿歲眼神閃爍著奇異光芒。「你覺得合理嗎？」

「啊？」

「你自己想想啊，笨蛋。」阿歲臉上帶著淡淡微笑，「一個女人帶著如此驚人的技藝，在牛肉麵店隱身這麼多年，她最期待的是什麼？」

最期待的是什麼？柏內心隱隱捕捉到老闆娘背後的深意，轉過頭，看向屋內的戰場。

女鬼卒摔倒在地，眼淚不斷湧出，但她總是用力擦去眼淚，然後繼續往前衝。

她很拚，為了鐵棺裡面的一個男孩，她不想放棄。

於是，她匯集全身的道行，再次攻向老闆娘。

而老闆娘就這樣重複著將她擊倒，然後再等她來攻擊，沒有不耐煩將女孩擊昏，更沒有乾脆甩門離開。

這樣的老闆娘，說到拚勁與毅力，可是一點都不輸給這個女孩啊！

「老闆娘說，這女孩和她很像。」阿歲倚在門邊，低聲說。

「很像？」柏已經沒有打算衝入，只是全神貫注的看著房間內一強一弱的懸殊戰鬥。

「脾氣有點壞、很驕傲、又很任性，還有……」阿歲眼神同樣專注。「都超有天分。」

「有天分？」

「學會技的天分。」

眼前的戰局不斷演變，女鬼卒抽著鼻音，一下又一下的攻向老闆娘，老闆娘則持續用一指破解女鬼卒的攻勢。

老闆娘的話語雖然刻薄，卻從未失去耐心，一指一指，不厭其煩的解開女鬼卒的攻勢。

「那為什麼不用嘴巴說呢？要用這麼痛的方式？」

「技這種東西，」阿歲淡淡的說，「不是用嘴巴說了就能學會的，而是必須用身體、用靈魂去感受，更重要的是，要激起對方的欲望。」

「欲望？」

「想要學會技的欲望越強烈，技就會學得越好。」阿歲微笑，「女鬼卒想要救人，救人這欲望，正是老闆娘的技最根本的東西啊。」

「原來如此……」柏眼睛瞇起。「之前女鬼卒的技雖然不錯，但學得不倫不類，也許就是欲望不夠強吧？」

「而且，真正打動老闆娘的，是這女孩想救的人是一個男孩……」阿歲語氣複雜，彷彿帶著深刻的懷念，「和當年的她，很像很像啊。」

就在柏與阿歲談話之際，眼前的戰局終於第一次發生變化。

2.3 最想救的人

房間內。

「不行！我不行放棄！」女鬼卒臉頰都是淚水，爬起身子，再度攻向老闆娘。

「妳真的沒搞懂，我是怎麼破解妳的攻擊嗎？」老闆娘慢慢的說著，「攻擊之前最重要的是什麼？妳那些師父怎麼一個都沒教過妳？攻擊前最重要的，是觀察啊！」

觀察？

女鬼卒聽到，整個人愣住。

觀察，是什麼意思？

「妳以為我為什麼能輕易破解每一種技？」老闆娘聲音低沉，聽在女鬼卒耳中卻像是千噸的黃色火藥般爆炸。「是因為我看得到，那，妳能看到嗎？」

我能看到嗎？

女鬼卒雙手帶著滾滾的黑氣，朝著老闆娘而去，她從沒想過，自己該看些什麼？不就是攻擊敵人，然後將對方壓倒嗎？

我能看到嗎？我該看什麼？

就在女鬼卒的雙掌要碰到老闆娘之際，老闆娘陡然吸了一口氣，大聲說道：「妳要救的人，現在快要死了，妳知道嗎？給我睜開眼睛啊！」

給我，睜開眼睛啊！

這一聲大吼，瞬間衝擊女鬼卒的腦門，回憶像是潮水般瞬間佔滿了她的視線。

第一次看到忍耐人的樣子，那是一個全身被高溫燒灼到變形的魂魄，而且她超討厭忍耐人的，想說自己當鬼卒只是玩玩而已，怎麼會接到這種垃圾案子？

直到，她發現這個忍耐人很怪，明明記憶都洗了好幾次了，卻始終會在每天早上，到陽世的一間房子外面徘徊。

她問忍耐人，忍耐人說，他的未婚妻叫做小茜，很會賴床，在陽世的時候每天都叫她起床，現在死了，他還是掛念著，小茜是否會準時起床？上班會不會遲到？少了他的日子，會不會有點不習慣？

女鬼卒看著這個忍耐人，覺得好笑，怎麼會有這麼笨的人啊！只是隨著日子一天天過去，她發現自己對這傢伙除了討厭，又多了一種情緒，一種自己都不明白的情緒。她只知道忍耐人的魂魄裡面，有種特別的東西，無論是在自己的父親，或是其他的六王魂身上，女鬼卒都不曾看過的東西。

直到，這男孩的未婚妻傷心自殺，重傷垂死，女鬼卒引導他進入了黑暗巴別塔，說是幫忙，其實也不見得，女鬼卒想知道這男孩的感情是否堅定到能熬過那些恐怖的拳頭，但結果卻讓女鬼卒納悶了。

因為，忍耐人不只熬過了足以撕裂他魂魄的痛楚，他還感到開心，開心欸？為什麼？

女鬼卒問了忍耐人，忍耐人傻笑，他說，他很開心，因為他可以為未婚妻做一點點事情，就算一點點也好。

瘋了。

女鬼卒真的這樣覺得，忍耐人瘋了。

但她更不懂的是，為什麼自己，越來越憐惜這個瘋子呢？

也許，瘋的人不是忍耐人，而是她自己吧？

女鬼卒的回憶跑馬燈在她揮掌的電光石火中結束，現在的她，面對的是嚴厲但認真的老闆娘。

「睜開妳的眼睛啊。」

眼睛。

女鬼卒的眼睛大睜，她忽然發現，此刻，就是此刻，她眼前的世界陡然變了。

就像是醫院裡面打開了X光機，眼前的世界突然變成一片深藍色，深藍色世界中，老闆娘整個人都變成了透明。

漩渦。

而在老闆娘透明的身體中，不斷交錯流動著許多的線條和漩渦。

這些線條組成一個圖騰，圖騰很美，宛如星空中閃爍的星座。

然後，女鬼卒看見了老闆娘手中的細針，針尖對準的位置，正是女鬼卒掌心出現的一個漩渦。

老闆娘要破壞我的漩渦？

「啊啊啊！」女鬼卒大叫，右掌猛力一拉，漩渦驚險的避開了老闆娘的食指。

僅偏了零點零五公分的距離，女鬼卒的漩渦逃過了一劫。

在下一刻，所有人都愣住了，包含門外的柏與阿歲，甚至是出針的老闆娘，也愣住了。

黑氣，沒有被洩掉，這是第一次，黑氣竟然沒有被一擊必殺？

「我，看到了……？」女鬼卒看著自己的雙掌，不斷的喘氣，「我看到的，究竟是什麼？」

「是什麼啊？」第一次失手的老闆娘，慢慢踱步到女鬼卒面前，伸出了她的食指，微笑著說：「就是我的技，『星穴』。」

老闆娘食指往前一按，按中了女鬼卒的肩膀。

「順便再教妳一件事，當妳以為避開敵人的第一擊，並不表示……」老闆娘臉上露出奸詐的笑容，「她不會打出第二擊喔。」

第二擊發動，女鬼卒肩膀的漩渦登時潰散，女鬼卒啊的一聲，頓時倒下。

在她昏迷之前，她隱約聽到老闆娘溫柔的低語。

「三天了，妳也累了吧？睡一下，醒來還有一場硬仗要打呢。」

「我的技，叫做星穴。」老闆娘淡淡的說著。「其實是一種觀察術，我能透過自己的技，觀察每個魂魄與陰獸，體內能量流動的方向。」

女鬼卒已經轉醒，與柏和阿歲等人，正坐在房間內，聆聽著老闆娘簡述自己的技。

「白色的線條是能量流動的路徑，而漩渦則是路徑會合處。」老闆娘坐在鐵棺上，慢慢的說著，「那些漩渦，就是技的名稱由來，星穴。」

「星穴……」女鬼卒點頭，她看過那幅景象，深藍色的背景下，每個魂魄都變成了線條與漩渦的組合。

那是一幕宛如夏夜星空，神秘且充滿了令人震撼的力量。

「星穴既然是能量路徑的會合處，自然非常重要，在戰鬥的時候，只要破壞了星穴，干擾流動，輕則讓敵人招數無效，重則造成對方內息錯亂，當場斃命。」

「嗯嗯嗯。」眾人聽完不禁點頭，因為他們都見識過，老闆娘一針戳殺大頭猴的威力。

「但星穴這招，卻未必適用於真正的高手，因為越是高手，體內的能量越豐沛，使得星穴越堅固，就算我戳中了，往往也無濟於事。另外，越是高手，星穴數目越少，要擊中非常不容易，尤其在瞬息萬變的激戰中，一旦沒戳到對方星穴，高手的反擊通常都非同小可。」

「嗯！」

「不過，星穴真正的作用其實是治病，魂魄受傷，多半是能量路徑不順導致傷殘，只要透過星穴導通能量，魂魄自然就能靠自身進行修復。」老闆娘淡淡的說，「也許，這就是我被稱為神醫的原因吧。」

「星穴……」柏連連點頭，這好像是陽世的中醫喔，透過各種方式打通穴位，自然能讓病人靠著自己的力量治癒，比起西醫以解剖學為基礎的介入性療法，中醫是對身體友善許多。

「不過星穴治療仍有限制，那就是若受傷的魂魄本身能量不足，星穴治療是無濟於事的，這時就必須依靠寶物和土地來補充能量。不過，那又是另外一回事了。」老闆娘吸了一口氣，「這樣懂了嗎？小女孩，還有問題嗎？」

「有。」女鬼卒猶豫了一下，才慢慢的舉起手。「有一個問題。」

「說啊。」

「星穴這麼神奇，可以幫……忍耐人治病嗎？」

「忍耐人是遭到自己的技反噬，表示能量流動陷入瘋狂的狀態，說到能量流動，就是星穴治癒的強項啊。」老闆娘冷笑，「星穴當然可以治！」

「太好了！那妳什麼時候要出手？」女鬼卒眼睛一亮。

「別傻了，我怎麼可能幫他治病？」老闆娘冷冷的說。

「啊？」眾人同時呆住。

柏更是忍不住想，老闆娘怎麼翻臉像翻書一樣啊，是因為到了更年期嗎？更年期的女人真的很可怕啊！

「第一，我早已封針；第二，我請問妳，妳有打敗我嗎？」老闆娘看著女鬼卒。

「沒有……」女鬼卒支吾的說。

「那妳憑什麼要我治他？」

「可是，可是……」女鬼卒想到老闆娘所說，的確沒錯，自己奮鬥了三天，雖然終於看到了星穴，但畢竟一次都沒有打到老闆娘，怎麼有資格要求老闆娘幫忙，可是……忍耐人就快死了啊，老闆娘不能法外開恩一下嗎？

「可是什麼？別煩我了。」老闆娘起身，在房間的角落拉了一張椅子，安然坐下。「要治，妳自己治吧！」

要治，妳自己治吧。

「老闆娘，這太不夠意思了吧。」柏皺眉，就要站起來和老闆娘理論，忍耐人也是他朋友，他不能見死不救。

只是柏才要起身，卻又被阿歲拉住。

「就說你笨，你還不懂老闆娘的意思？」阿歲輕揍了柏腦袋一拳。「人家女孩子都懂了。」

「都懂了？」柏轉過頭，卻見到女鬼卒停止了爭辯，只是單手托住下巴，陷入沉思。

「要治，我自己治嗎？」女鬼卒慢慢把臉轉向一旁的鐵棺。

此刻，她眼中景色再度轉化成深藍色，而鐵棺內的能量白線，更一條接著一條的浮現出來。

白線現身，交錯其中的漩渦也一個一個亮出了真身。

星穴，已然成形。

只是，女鬼卒的眉頭皺了起來，這星穴圖好亂，線條胡亂交叉不成形，星穴更是有大有小，而且還時明時滅，再這樣下去，忍耐人就會被自己的能量給弄死了。

「很亂吧。」坐在角落的老闆娘，再度開口了。「妳試試看，能不能把這星穴圖騰導正囉。」

把星穴圖騰導正嗎？

女鬼卒專注的看著眼前的星穴，然後伸出雙手，將所有的能量都集中到了指尖。

基於一種奇怪的直覺，她知道自己可以，她可以拯救忍耐人。

彷彿，她與生俱來就是要學習星穴與治療。

因為星穴，是她今生最想練的技。

而忍耐人，則是她今生最想救的人。

2.4 風雨欲來

我們走啦。」阿歲把柏拉起。

「幹嘛？」柏遲疑了一下，他覺得這一集是怎麼搞的，不是被阿歲拉住，就是被阿歲打頭罵笨蛋，他真的有這麼笨嗎？

「人家女孩子要拼回散亂的星穴，需要很強的專注力，我們不要在這邊煩了。」阿歲把柏推離了房間。

「嗯，那老闆娘？」

「她是師父，當然要一路指導女孩子。」阿歲低語，「可惜的是，這一兩天內，我們都沒牛肉麵可以吃了。」

柏離開了房間，回想起剛才幾幕，「阿歲，所以你看過陰魂的星穴圖嗎？」

「隱約看過。」阿歲搖頭。「我就算卯足全力，也只能勉強看到一點點，沒辦法像老闆娘或是女孩子一樣，看得這麼清楚。」

「是喔，所以那女孩算是很有天分？」

「非常有天分。」阿歲回頭看了關緊的房門一眼，「恐怕是危險的奇才啊。」

「危險的……奇才？」

「你記得嗎？她剛共打出幾種技？」阿歲苦笑，「黑白無常的無限分裂、孟婆的七色音符、月柔的喚獸技，差點連白金老人的一擲千金都打出來，這樣的人，你看過嗎？」

「我到陰界的時間不長，但遇到的每個人多半都只會一種技……」

「就是！」阿歲雙手插在口袋，「她的技雖然都是半吊子，但她能使用這麼多種技，已經相當驚人了。這也只有一種可能……」

「哪種可能？」

「能使用全部的技，就是她的技。」

「啊！」柏的眼睛睜大，技的種類多如天上繁星，但竟然還有這樣的技？

「這樣的技很危險，雖然比不上你女朋友的技危險，不過遲早會惹上殺身之禍。」

「女朋友？亂說！誰說小靜是我的女朋友！」柏整張臉都漲紅了。「我們真的只是普通朋友啦。」

「是不是女朋友不重要啦。」阿歲咧嘴笑，「不過，她的歌聲不只特別好聽，還超危險，不是嗎？」

「你說她的歌聲，會讓所有技的無效化嗎？」柏想起那晚 Pub 的情景，仍是心有餘悸，小靜的一首歌，竟然讓現場數十名陰界高手，同時失去了技，只能靠肉搏戰分出高下。

這樣的技，何止危險而已，簡直就是所有技的剋星。

「只是，我還擔心另外一件事。」阿歲嘆氣，拿下帽子後，抓了抓頭髮。

「什麼事？」

「這女鬼卒的身分。」

「咦？」

「雖然知道她肯定與政府重要人物有關連，所以才能學到這麼多六王魂的技。要知道六王魂雖然共同撐起政府的大片江山，但彼此的個性理念不同，甚至各懷鬼胎，」阿歲歪頭露出苦惱的表情，「可是這幾個人幾乎都願意教導這女孩，表示這女孩不只擁有天分，還有著超乎想像的秘密身分。」

「啊。」

「驚人的技紛紛現身，各大高手蠢蠢欲動，是因為易主時刻快到了嗎？」阿歲閉上眼，語氣揚起，「整個陰界的版圖，就要開始大規模移動了嗎？」

「陰界的版圖，就要開始大規模移動了嗎？」柏聽到這句話，禁不住熱血沸騰起來。越是亂世，越有機會啊。

「沒錯。」阿歲微笑，「也許有一天，你不只能挑戰火星鬥王……」

「還有，給那個把我抓來陰界，又害死福八老友的混蛋一點教訓。」柏握拳，「紅樓，邪命。」

「是啊是啊，啊，聊了這麼多，我們是該去吃點東西啦。」阿歲搔了搔頭，「順便替那兩個用功的女生帶點食物吧。」

「好，」柏點頭，陰界的食物很重要，因為魂魄是能量的集合體，而補充能量最簡單的方法，就是進食。

「我們去吃附近的一家沖繩麵吧，聽說麵又粗又Q，上頭放著C級陰獸粉嫩牛的三層肉，軟嫩不膩，入口即化，是超級好物啊。」阿歲說著說著，忍不住猛吞口水。

不過，就在柏與阿歲要出發之際，忽然，柏停下了腳步，露出詫異的表情。

「幹嘛？你又感應到什麼了嗎？」阿歲轉頭。

「風。」

「什麼風？」

「像是海浪一樣的風，從那個地方吹來，那裡有大事要發生了。」柏比著左方。

「那裡？」阿歲眼睛瞇起，瞧了半晌，「那裡可是魂魄的禁地喔。」

「禁地？」

「因為那是貓咪的樂園，貓街啊！」阿歲說，「貓咪是少數能縱貫陰陽兩界的陰獸，兇暴異常，可以輕易咬殺魂魄的哩。」

「是嗎？」柏雙手扠腰，閉上眼睛，感受著空氣中不斷躁動的風。「今晚，那裡肯定出事。」

「出什麼事？」

「我不知道，如果我能知道得那麼詳細，就不用靠黑暗巴別塔賺錢了。」柏的嘴角抽動了一下。

「也是。」下一秒，阿歲從口袋中掏出了一個東西，那是宛如相機般，散發濃濃八卦氣息的銀色物體。

柏認得這東西，這東西曾在Pub中竊聽龍池和喪門的對話，害他和阿歲差點被圍毆致死的生物。

「母蚊？」柏睜大眼睛，「你打算幹嘛？」

「我相信你，貓街今晚會出事。」阿歲露齒一笑。「拍幾張照片賣給陰界週刊，賺錢啊賺錢。」

不過，正當柏和阿歲在貓街附近閒聊，女鬼卒和老闆娘學習「星穴」以治療忍耐人之時……地獄政府接到了一通電話。

這通電話先是被接線生接起，然後他按了電話上的一個鍵，就轉到了專門掌管陰界的生死部門，也就是孟婆的部門。

生死部門的接線生接起電話，只簡單登錄了一些資料，就再把電話轉給下一個部門。

這通電話轉到了第三個部門，在一張放有「生死部門小課長」名牌的桌子上響起。

「了解，是981118的案子？」課長快速抄寫著資料，然後他把頭從辦公室探出去，喊了一聲。

「編號981118的案子是誰的？她要死了，要來陰界了。」

辦公室內約坐了十餘名最低階的鬼卒，他們先是沉默了一會，才有個看起來比較資深的鬼卒回答。

「那個自殺未遂，拖了幾個月的案子嗎？」那鬼卒回答。「我記得是女鬼卒小曦的。」

「小曦現在不在？」

「對，而且現在聯絡不上，我已經傳簡訊給她了，但仍未回應。」資深的鬼卒回答，這時女鬼卒因為全心在處理忍耐人的星穴，肯定無暇接電話吧。

「……」課長思考了幾秒，通常陰魂報到，會讓專門的鬼卒去處理，但女鬼卒不在，而且這魂魄是自殺未遂，應該不太重要。

於是，課長抬起頭，看著整排鬼卒中，最後一個。

沉默了幾秒，課長才慢慢開口。「那個老九。」

聽到老九這名字，一整排鬼卒的動作都微一停頓，彷彿聽到了什麼可怕的名詞。

「是，課長。」

「你的禁閉結束了吧？」

「前天結束了。」老九的語氣中洋溢著無法抑制的興奮。「剛好在前天結束啦！」

「那這案子……」課長又看了一眼桌上的資料，似乎在確認這資料上的人，真的是無關緊要。「交給你了。」

「謝謝課長！」老九起身，看起來像是中年大叔的他，穿著有些破舊泛黃的西裝，用力對課長鞠躬。

「資料在這，快去快回啊。」課長嘆氣。

「嘿，沒問題。」老九拎起掛在椅子上的外套，拿起資料。

「還有，老九……」課長思考了一下，才開口。「別玩過火，再鬧到孟婆那，我可保不了你。」

「是。」老九再次鞠躬，但在鞠躬到底時，老九的臉上浮現了一個古怪笑容。

這一抹笑容，出現在中年大叔的臉上，顯得格外陰森。

然後，老九拿起資料，喃喃自語著，「是一個自殺未遂後，快死掉的魂魄啊，這樣的角色，陰界政府一點都不在乎啊。」

而就在老九離去之時，那份資料的第一頁，剛好被風吹落。

紙飄啊飄的，落在地上，一個名字在紙上隨之出現。

編號9811118，陽世姓名竟然是……

小茜。

第三章・武曲

3.1—吃魚湯的貓

陽世，小靜的宿舍。

距離晚上十一點，還有五分鐘，這晚小靜念完書，比較早就寢，她已經躺在床上睡著了。

忽然，她像是感覺到了什麼，睜開眼睛。

風，涼涼的風。

她左右張望，尋找風的來源，竟是一扇被打開約十公分的窗戶。

「咦？我睡前應該有關窗戶啊？」小靜起床，將窗戶關上，然後又回到床上，鑽回暖暖的被窩裡。

但，小靜卻沒有發現一件事。

就是她床底下那溫暖的貓窩，已經空了。

小虎這隻神秘的流浪貓，已經從那十公分的窗戶縫隙中，離開了。

陰界，貓街外。

此刻是琴等人最緊張的時刻，因為距離「搭拉搭拉救樹計畫」，只剩最後五分鐘。

所有人都已經就定位了。

提著玻璃雙斧的小才，奉命在金色商圈外等待的妞妞，剛練成雙手雷電的琴；仍在公園長椅上，喝著珍珠搖滾的莫言。

還有整個計畫最重要的先行部隊，負責貓食的冷山饌三人。

只見大耗捧著一個大鍋，大鍋冒著騰騰的熱氣。

旁邊是小耗，正不斷替大耗擦去額頭上的汗水。

最後則是冷山饌，他是這一大鍋貓食的主廚，鍋裡面則是他花了超過百萬元，從海幫鳳閣那裡買到的各種新鮮魚類。

鍋裡，各種貓咪最愛的魚種都到齊了，再配上冷山饌畫龍點睛的廚藝，他有自信，今晚所有的貓咪都會為這鍋魚湯瘋狂。

「按照莫言給我的重要情報，陰界的貓有分階級。」琴在這時候，提出最後一個溫馨小提醒。「所以，在最高等級的貓出現之前，千萬要保住這鍋魚湯。」

「那怎麼分辨貓咪的等級？」

「據說，陰界的貓可以透過下巴的貓鬍分辨。」

「貓鬍？」

「等級低的貓鬍又短又稀疏，只有超過五十歲的老貓才會長長的貓鬍，」琴努力轉述莫言說過的話。「但依貓的歲數，貓鬍還會呈現不同的色彩。」

「不同的顏色？」小耗問。

「老貓剛過百歲，貓鬍會是黑色的，當老貓越活越久，鬍子會由黑轉白，三百歲後，就會變成一片白鬍。」琴回憶著莫言對她所說的內容，「但據說當老貓過了五百歲，貓鬍就會開始由白色變成金色……」

「五百歲？」眾人同時驚嘆，貓咪這種陰獸上百歲的就很可怕了，若活到五百歲，豈不是成了超級怪物？

「莫言是這樣說的……五百歲的貓從未見過，但若真有一隻貓擁有金色貓鬍，那大概只有『牠』有可能吧。」

「牠？」

「牠，就是十二隻S級陰獸中的，夜影虎吧。」

十二大陰獸？夜影虎？

聽到這幾個字，現場立刻陷入死寂般的靜默，每個在陰界待過一段時間的魂魄都知道，十二大陰獸所代表的意思。

他們更知道，十二大陰獸中的「夜影虎」代表什麼意思。

牠是被公認為十二大陰獸中最危險的一隻，不只能量強大、道行高深，更重要的是，牠本性兇狠，戰鬥起來更是瘋狂。據說，憤怒悲傷的牠，曾經單槍匹馬毀滅一座城市。

「就算現在逼近易主時刻，傳說中的陰獸會陸續現身，我們也不會這麼倒楣，遇到夜影虎吧？」靜默半晌之後，小才苦笑說道。

「應該吧，莫言也說，夜影虎消聲匿跡很久囉。」琴一笑，試圖化解眾人的驚恐。「但是，按照莫言的情報，這條聚集數百隻貓的貓街，就算沒有夜影虎，的確也存在著幾隻白色鬍鬚的大貓。」

「白鬍貓？那不就是超過三百歲的老貓嗎？」小才喃喃自語。

「但這幾隻白鬍貓身分尊貴，通常都由道行較淺的貓咪供奉食物，所以一般魂魄很難見到牠們，不過話說回來，有白鬍貓我們其實應該要開心，」琴再度想要讓眾人輕鬆一點，「畢竟我們的對手是微生鼠，若引來的貓等級不夠，恐怕就沒有驅鼠的效果了。」

「這樣講也對。」眾人苦笑點頭。「沒有白鬍貓坐鎮，這次的行動恐怕會變成老鼠吃貓了。」

「現在，距離子時只剩下最後三十秒了。」琴回過頭，看著她背後那條黝黑的商店街道，貓街。

這條貓街，在陽世人眼中，不過是一條普通的商店街道，如今在微亮的月光下，異象開始出現。

一雙又一雙的貓眼，在皎潔的月光中，慢慢的浮現出來。

有的貓眼在屋頂處浮出，有的貓眼從街道水溝中湧現，有的貓更直接躺在路邊的郵筒上，這些貓眼發著燦綠色光芒，一點一點的在貓街中出現，宛如仲夏夜中飄渺的螢火蟲。

「好多。」琴吞了一下口水，「這就是陰界的貓街嗎？」

子時將近，由琴肉眼能數出來的貓眼數量，肯定就破百了。

而且隨著貓的身形逐漸浮現出來，琴更訝異的發現，陰界的貓，未免也太大了吧！

這尺寸，哪裡是柔順的小貓？根本是恐龍版的大貓啊。

「先出現的是等級最低的貓，越老的貓越不容易被發現。」琴走向前，站在大鍋的前面，「請各位記住，現在最重要的任務只有一個。」

「嗯！」

而在此時，鍋子冒出的香氣，讓所有的貓眼都轉向了這裡，牠們眼中透露出同樣的貪婪，一種非吃不可的貪婪。

而負責扛鍋子的大耗，更被這些貓眼看得是背脊發涼。

「保護這鍋魚湯，直到……」琴一字一句，堅定的說。「白鬍老貓出現為止！」

就在琴的「為止」兩個字說出口後，眼前的上百雙貓眼，忽然動了。

所有的貓同時離開了牠們的位置，夾著喜悅與飢餓的嘶吼聲，宛如夜襲的戰鬥機群，在天空中朝著大耗與鍋子俯衝而來。

「今晚的戰鬥，」小才的雙斧揮動，「開始了！」

「誓死保護，」小耗的雙手捲動麵線，「魚湯。」

「一定撐到，」琴也舞動雙手，電能凝聚，「老貓出現。」

「那就，」冷山饌也出手了，他的雙菜刀閃耀著月光，「上菜啦！」

時鐘上的分針，移動到了十二，子時已到。

上菜時間，到！

琴自從進到陰界以來，她自認看過不少陰獸，也看過不少驚心動魄的戰鬥場面，但一直到此刻，她才明白以前遇到的驚心動魄，現在都可以被稱作雞毛蒜皮。

人類與巨大貓咪，魂魄與陰獸，一場混亂且暴力的戰鬥，活生生在琴的眼前上演。宛如獅子般的巨貓不斷從天空撲來，牠們撕咬、牠們撩爪、牠們撞擊，目標都是大耗用雙手緊捧的，那鍋不斷冒湧驚人香氣的魚湯。

在琴等人中，負責鍋子右側的是小耗，只見他的麵團技施展開來，漫天飛舞的彈性麵絲，宛如一座帶電的鐵絲網，任何貓咪一碰到麵團網，就被小耗的靈力給刺傷，紛紛慘嚎退開。

「小耗，你是不是又進步了？」琴看了幾眼小耗的技，由衷的說。「你好像變強了？」

「還好啦……」面對琴的稱讚，就算身處暴力貓群中，小耗還是臉紅了。

「什麼還好？他進步很多好不好？」混亂中，大耗則趁機喊道，「小耗自從上次被小才打敗，他就一直熬夜苦練，說是在琴姊面前，他決計不能再丟臉……」

「亂……亂說！」小耗的臉更紅了，「琴姊妳別聽他亂說！」

「喔？」琴微笑，「那很棒啊！」

小耗臉又更紅了，而他手上的技似乎在琴的稱讚下，更顯強悍，一時間所有來自右側的餓貓，都在麵網上被撞暈了。

而鍋子左側呢？琴轉過頭去，那裡，則是地空星小才的地盤。

這個小才，又讓琴見識到了，他危險等級五、懸賞千萬的實力。

面對源源不絕、宛如虎群的貓咪，小才只用一隻手。

單手握著大斧，自在優游的舞動。

所有的貓不是被大斧捲起的風給震暈，就是直接被大斧掃到，飛過半條街後，掉在不知名的遠處。

在小才的把守下，當真是一堵無敵的銅牆鐵壁。

於是，一左一右，小才與小耗，斧頭與麵網，穩穩守住了在圈內的那鍋魚湯。

「現在的貓，下巴都沒有貓鬍，只是活了幾十年的小貓而已。」戰鬥中的小才，黝黑的臉，露出有如小孩般興奮的笑容。「實在太簡單啦！」

而就在此時，琴突然聽到了一聲貓吼。

這低沉的貓吼穿過吵雜混亂的貓群，竟然異常清楚。

「小心……」琴低語。「恐怕有大貓來了！」

下一聲貓吼又響起，瞬間穿過擁擠的貓群，一下子就逼近了琴等人的面前。

「小心！」琴大叫，「小耗！牠的對象是你！」

小耗猛一抬頭，他看見那隻貓。

黑色的貓鬍。

這隻貓嘶吼，雙爪一撲，那張曾經擋過超過三十雙貓爪的麵線網，竟然應聲破碎。

「小耗！」琴叫著，雙手運電，就要衝上去。

忽然，一隻老手拍住了琴，是冷山饌。

「琴小姐，我的兒子這些日子以來的苦練，我瞧在眼裡，」冷山饌揚起一個驕傲的笑，「一隻黑鬍貓，他不會對付不了的。」

「喔？」琴理解的點頭，轉過頭去。

此刻，小耗已經和這隻黑鬍貓纏鬥上了。

只見小耗將所有的麵絲都收回，轉為一球巨大的麵團，此刻的麵團比琴第一次見到小耗時，足足大了一倍。

如果說麵團大小代表的是道行的能量，那小耗這些日子的苦練，當真讓他進步驚人。

「就等你啊。」小耗露出自信笑容，甩出手上宛如鎖鏈錘般的麵團，速度又快威力又強，這隻猛撲而來的黑貓閃避不及，攔腰撞上。

喀啦喀啦，一串肋骨斷裂聲響起。

「再見。」小耗微笑，雙手用力一甩，順勢把這隻幾乎昏迷的黑鬍貓，給打上了夜空。

只見黑鬍貓越飛越遠，最後消失在明媚的月光裡了。

不過，就在小耗擊敗等級拉高的黑鬍貓後，小才那頭也同樣遇到了。

而且，是三隻。

但小才卻依然保持著輕鬆的笑，一把沉重大斧在他的右手中，卻像是小刀般流利輕盈，左削右劃，在他周圍舞出大圈小圈交錯的圓形。

每一個圓形，都是能斬斷生靈的結界。

三隻黑鬍貓雖然兇猛，卻被小才的斧圓給削得斷耳去尾，狼狽不堪。

「還有更刺激一點的嗎？」小才笑。「比如說，來個二十隻？」

「呸！不要亂說話！」琴正要罵一下小才，忽然天空一黑。

琴仰頭一看，頓時張大了嘴巴，因為當真是二十幾隻的黑鬍貓軍團，從天而降。

牠們一起落地，連地面都為之震盪，然後貓吼聲此起彼落，朝著小才衝來。

「哈哈，果然是心想事成啊？」小才大笑之間，左手一翻，第二把小斧已經出現。「全部給我躺下吧！」

說完，小才左手猛力一拋，小斧迴旋飛出，沿著一條精準的軌道，飛向了黑貓軍團。

只見「喵！」「喵！」「喵！」聲不斷，小斧沿途砍過黑貓的右前腳，砍了一隻，就是一聲喵的慘叫。

只是小斧飛過，僅倒下了十六隻黑鬍貓，仍有四隻黑鬍特別長的大貓，避開了小斧。

牠們同時發出憤怒嘶吼，化成四道黑影，跳過了小才，直接攻向護鍋的大耗。

「啊啊啊。」負責保護大鍋的大耗，這一秒鐘，他的視線裡，只看到四張好大的貓嘴。

嘴巴內一根一根清晰可辨的獠牙，映著月光發出燦爛光芒，就要把鍋子和大耗，一起嚼碎吞下

「大耗，撐住！」小耗見狀回頭，手上的麵團橫甩，擊中一隻黑鬍貓的頭顱，然後猛一

發力，將這隻貓一口氣撞上天空，揮出主戰場。

但，還有三隻。

一把菜刀橫飛過來，先是阻住一隻黑鬍貓，菜刀才落下，就被一隻蒼老的手給握住。蒼老手掌的主人，正是今晚的主廚，冷山饌。

「肉要嫩，首重拍打。」只見冷山饌轉刀鋒為刀背，像是打鼓般，快速擊打這隻黑鬍貓全身上下。「背脊肉，大腿肉，下巴肉，腹部肉……」

冷山饌唸到哪，打到哪，當他七七四十九部位全部打盡，地上只剩下一隻全身的肉都被打鬆，露出舒服笑容，但已經完全喪失戰鬥力的懶貓。

「記住原則，要驅貓但不能殺貓，一殺貓會引來更大的災禍。」冷山饌吸了一口氣。「還有兩隻貓……」

「可惡，瞧不起我，我也是有練過的！」大耗見到貓的數量驟減，登時收起恐懼心情，展開了他的反擊。

「這鍋，就是我的技喔。」大耗嚷著，單手一托，大鍋立刻在他手心打轉如陀螺。大鍋化成的陀螺，挾著驚人高溫，立刻變身成戰場上的絕佳武器，逼得剩下的黑貓慘叫連連。

隨著這隻黑貓的慘叫越來越小聲，越來越小聲，牠身體半數的毛都已經被高溫燙掉，現場，僅剩下一隻沒有多少毛的裸貓。

「喵嗚。」只聽這隻貓輕輕喵了一聲，然後害羞的跑掉了。

「可別小看這鍋，師父派我護湯，就是因為這『鍋』，正是我的技。」大耗得意的笑著，「蒸煮炒炸，永久保溫，美味加倍，就是我這鍋的特色。」

只是大耗笑得得意，他卻忘記了一件事。

貓，還有一隻。

牠的黑鬍又黑又長，更閃爍著如琉璃般的光澤，一看就知道是道行最高的黑鬍貓。

只見牠動作輕盈，狡猾的踩著無聲的步伐，緩緩來到大耗的背後。

然後，慢慢的，張開了牠的貓嘴。

貓嘴的吞食範圍，就是正得意洋洋、拋動鍋子炫耀的大耗。

所以，只要貓嘴一闔上……

「大耗，別動。」琴目睹了這驚悚的一幕，而其他人不是距離太遠，就是陷入激戰，幾乎沒有發現這恐怖的情景。

「幹嘛？」大耗察覺到琴神情的異樣，臉上表情也跟著驟變。

「……」琴感覺自己的呼吸沉重，「你的頭上，有貓。」

頭上，有貓！

「喵吼！」

這一剎那，彷彿啟動了生死奪命的開關，貓嘴迅速闔上。

「糟！」伴隨著冷山饌的大吼，手上的菜刀飛來。

「糟！」小耗緊急察覺之下，麵團甩來。

「糟！」還有小才硬從一隻貓口中拔出，趕快扔過來的斧頭。

但這些都來不及了，因為貓嘴不只快，距離更近，大耗猛一轉頭，只看到一條蠕動的貓舌，貓嘴中噴發出來的酸味，還有正在快速靠近的上下排利牙……

這對利牙只要合起來，他的頭顱肯定不會在脖子上了吧？

「死定了。」大耗眼睛睜得好大，他萬萬沒想到，自己竟會死在這裡。

他的夢想呢？從陽世來時，他帶著「希望煮一鍋傳奇好料」的欲望打開了自己的技，更拜了他最崇拜的冷山饌為師，成為陰界美食界的一分子。

但他卻在不久後發現，在浩瀚深邃的陰界美食界裡，他少了最重要的部分……天分。

沒有天分，大耗只能靠第二張王牌「努力」，於是他一步一步，在不斷的鍛鍊與陰獸戰鬥中，完成專屬於他自己的「火鍋食譜」。

能煮出天下第一鍋的火鍋食譜。

只是他沒想到，在他的火鍋食譜尚未成功時，他就要死了。

被黑鬍貓一口咬掉頭顱，應該不會很痛吧？不知道自己的肉好不好吃？算不算美食呢？

正當大耗的腦袋胡思亂想，準備迎接隨時到來的死亡的當下……

他卻察覺到了亮光。

「亮光？原來在陰界死掉，也有像人間那種『就是那道光，就是那道光！』的奇景啊！」大耗苦笑，「太好了，讓我在死前好好欣賞一下吧！」

亮光中，一個人影晃動。

「光中有人？是誰要來接我了嗎？」

亮光中，人影越來越清楚。

「是個身材很好的辣妹欸，這樣說起來，死掉也不錯啊！」

亮光中，這人影長髮披肩，帶著一種任性的美麗。

「果然是正妹……咦？」這一剎那，大耗認出了亮光中的人，竟然是……

是琴。

琴整個人被亮光包圍，在大耗即將被黑鬍貓斬首的瞬間，她居然一口氣超過了斧頭、菜刀與麵團，以驚人的高速來到黑鬍貓面前。

琴也不知道怎麼回事，但她只確信一件事，能救大耗的人，就剩下她了。

「大耗，眼睛閉上。」琴吼，然後雙掌會合。

會合，代表的是右手的負電，與左手的正電，它們合一了。

正負合一，綻放如愛情般燦爛且悲傷的能量，更是琴進入陰界以來，所有道行的集合，轟然一聲，擊中了這頭黑鬍貓。

黑鬍貓臉頰上的細毛瞬間因為強電而豎起，劇痛之中，更短暫奪去了牠的行動力，身體完全停滯。

就是這一停滯，給了後來居上的武器，一雪前恥的機會。

先來的，是斧頭。

黑鬍貓先被小才的斧頭劈中身體，然後被冷山饌的菜刀斷去半截尾巴，最後來的是小耗的麵團，則像打棒球般，把黑鬍貓轟上了高高的夜空，消失在遙遠的月亮光影中。

這隻貓也許不會死，但至少三年內無法再因為肚子餓而亂咬別人的頭了。

「謝謝。」大耗呼呼的喘氣。「琴姊。」

「不客氣。」琴也同樣喘著氣，笑著回答。

「妳剛真的好快，連我都沒看清楚妳是怎麼過來的呢。」大耗抓了抓頭髮。

「是嗎？」琴一笑，事實上，連她自己也搞不清楚，自己究竟是怎麼救下大耗的？

她只記得，那一瞬間她全身電能釋放，整個世界彷彿靜止下來，原本高速的斧頭、菜刀，甚至是麵團，都像是進入了慢動作畫面。

琴只是輕輕一跑，就輕易的超越了所有的兵器。

這難道也是武曲「技」的一部分嗎？

名為雷電的技，除了破壞力，難道還有其他的可能性嗎？

「琴姊，厲害。」小耗紅著臉稱讚。

「琴姊，剛很快喔。」小才也豎起拇指。

就在眾人因為擊潰了所有的黑鬍貓，而暫時露出輕鬆表情之時，冷山饌卻在這時慢慢昂起頭。

「氣味，好像改變了。」

「氣味？」

「牠們，來了。」冷山饌揚起一個興奮的笑容。「我們等待的主要客人們，終於來了。」

「主要客人，終於來了？」

也在這一刻，所有人的動作，不約而同的慢了下來。

會慢，並不是因為他們累了，而是他們突然發現，貓咪變少了。

原本從貓街各個角落，源源不絕湧出的貓群，如今卻越來越少，越來越少……到最後，當小才一斧打飛一隻黑鬍貓時……

貓街，竟然沒有貓了。

安靜、無聲，只有風捲起紙屑的沙沙聲。

一種暴風雨前的寧靜，帶著令人窒息的壓力，籠罩在這深夜的街道上。

「沒有貓了？」琴在此刻，感到背脊滲出莫名涼意，本能正在提醒她一件事。

真正的強者，來了。

「大耗。」冷山饌語氣嚴肅。「保護好鍋子。」

「喔？」

「因為，牠來了。」

也就在這一剎那，原本寧靜的街道突然出現了一條裂縫。

裂縫裡面，一隻貓足輕輕踩了下來。

貓足後面，是飄蕩的白色鬍鬚。

比黑色鬍鬚更長、更美，閃著銀色光芒的白鬍。

白鬍貓。

僅次於S級陰獸夜影虎，貓街的帝王，白鬍貓出現了。

「好美……」琴低聲讚嘆，「這就是活了三百年的老貓嗎？」

白銀色的長鬚，充滿歲月歷練的深邃眼睛，還有那貴族般的儀態，都在在顯示眼前這隻陰獸，絕非凡物。

只是，下一秒，琴深深吸了一口涼氣。

因為空間的裂縫，竟然增加了，左邊增加了一條，右邊也增加了一條。

三條裂縫？所以到場的白鬍貓，共有三隻？

三隻白鬍貓同時現身，那接下來，究竟會是一場什麼樣的硬仗啊？

「三隻？三隻白鬍貓啊……」冷山饌苦笑。「看樣子，老夫的手藝沒有退步，這鍋湯，當真把貓街壓箱底的怪物都引出來了啊。」

「白鬍貓現身。」琴感到全身顫抖，這是她進入陰界以來，最驚恐，卻也是最興奮的時刻。

「所有人注意，我們進行第二步計畫了。」

所有人的眼睛同時注視著琴，等待她下達最重要的命令。

「我們，」琴大叫，其聲音又緊張又興奮，「開始跑啊！」

我們跑啊！

「目標鼠窟。」

所有人，揹起大鍋與武器，開始發足狂奔。

「一口氣把貓引到鼠窟吧！」

貓街最強的白鬍貓已經現身，是該讓牠們和金色商圈中的老鼠們，王見王的時候了！

只是，在琴等人開始奔往鼠窟的同時，貓街的一塊黑暗角落，一雙小小的綠色貓眼正在閃爍。

和一般的陰界貓相比，牠的身形小得不像話，根本就是陽世貓咪的大小。

牠輕輕的喵了一聲，然後慢慢踏出黑暗。只是牠才踏出黑暗，所有留在貓街的巨貓，竟然都像是見到什麼似的，一起趴伏在地上，渾身顫抖，甚至有幾隻年紀不滿五十的貓咪當場尿了出來。

隨著這隻小貓漸漸走出黑暗，沒想到，竟是一個熟悉的身影。

那不就是在大雨的夜裡，躲在小靜家門外的小貓「小虎」嗎？

牠也來到貓街了？而牠對這個搭拉搭拉救樹計畫，又將帶來什麼樣的影響呢？

息神星・周娘

危險等級：3。
外型：徐娘半老的牛肉麵店老闆娘。
星格：丙等星。
能力：「星穴」。

周娘能窺見每個魂魄與陰獸體內流動的能量線，並藉由能量線的交會處，找出星穴。星穴，乃是每個魂魄最強與最弱之處，若破壞之，輕則重傷昏迷，重則當場畢命。

但星穴最強之處，其實不是戰鬥，而是治病，透過星穴的修補，與調整能量線分布，可將原本垂死之人救活，如同陽世的中醫。

於是，周娘被喻為陰界第二神醫，僅次於天機星吳用。

3.2 一群貓竄動

「搭拉搭拉救樹計畫第二步，啟動。」琴邊跑邊喊，「走！我們把貓帶到鼠窟去！」

「收到。」第一個做出反應的，是大廚冷山饌。「大耗，把蓋子打開一點！」

「沒問題。」大耗咧嘴傻笑，順手將蓋子推開了一公分。

只是這區區的一公分。

琴彷彿見到了香氣，化成有形的白色霧氣，從滾燙的鍋子裡面蔓延出來。

而這股迷人白霧，一接觸到空氣馬上散開，瞬間充滿整個貓街。

隨著白霧瀰漫，所有的貓都在此刻微微一頓，牠們都做著一個相同的動作，那就是閉上眼，把鼻子往上抬，動了兩下。

好一個陶醉的表情啊。

「好，蓋子關起。」冷山饌微笑。「這鍋魚湯，一路上靠著大耗的技慢火加溫，已經接近完美，大耗，做得漂亮。」

「謝謝師父。」大耗將手一放，蓋子砰的一聲，闔上。

下一秒，所有閉眼享受香氣的貓咪，眼睛，同時睜開了。

牠們的眼神也已經不同了，貪婪、飢餓，還有更多的是，非吃到不可的決心。

「跑，大耗，用力跑！」琴見狀，放聲大喊。「所有人跟上去，保護大耗。」

跑，用力跑。

第一個衝出去的，正是扛著滾燙大鍋的大耗，他發出豪氣萬丈的大吼，發足狂奔。而香氣，更是隨他的身影而去。所有的貓，眼神飄向香氣的源頭，接著，牠們也動了。以那三隻白鬍貓為首，所有的貓群都開始移動了。

幾乎是貓街有史以來最大規模的群貓移動，正式啟動。

大耗搏命的跑著，他感覺背後的貓群正發瘋似的跟上來，而且他有預感，只要他被任何一隻貓攔截，不只這鍋魚湯會被瞬間秒殺，連他的身軀都可能被捲入貓齒中，化為肉片。

在宛如 F1 賽車的速度中，第一隻貓已經逼近大耗，就在牠張開大嘴，要咬住大耗的鍋子之際——

砰。

一坨麵團甩來，把這隻貪吃貓打了一個滾，然後很快就被速度給吞噬，掉到肉眼看不到的遠方。

麵團的主人，不用說，正是與大耗情同兄弟的，小耗。

「大耗，你的右邊交給我。」小耗也賣命的跑著，邊跑，他邊甩動麵團，將不斷撲上來的貓咪給打飛。

「謝。」大耗微微一笑，可是這個笑容還沒到底，他的左邊就傳來貓咪的嘶吼。

一隻黑鬍貓從貓咪隊伍中躍出，在高速中張大嘴，就要咬住大耗的左手。

喀嚓。

一個鋒利的風聲過去，這隻黑鬍貓赫然發現，自己的嘴巴不見了。

因為一雙菜刀。

這雙菜刀靈活舞動，不只刀法迷離，更是刀刀到肉，轉眼間，這隻黑鬍貓的嘴巴和四肢就被一起切掉。

「老夫好久沒有戰鬥了，真是令人懷念啊。」冷山饌蒼老的聲音笑著，「在廚房待久了，都忘記年輕時候在夜市那段以快炒和打架為生的日子啊。」

快炒和打架，好一個青春熱鬧的夜市歲月啊。

「大耗，你的左邊交給師父。」冷山饌也跑著，雖然他年紀大了，但步伐速度一點都不輸給年輕人。

更重要的是，他手上那雙菜刀，精準的截殺飛撲而來的貓群，堪稱一堵銅牆鐵壁。看見左右都有人保護，大耗微微鬆了一口氣，但隨即他又緊張起來。

這樣的狂奔，最危險的其實並非左右，而是背後。

一個肉眼無法防禦的絕對死角，背後。

「哈哈，這地方最適合我了。」一個聲音，從大耗的正後方傳來，正是囂張的小才笑聲。

「我可是地空星，這裡戰鬥等級最高的甲等星啊！」

琴轉頭看去，她不禁笑了起來，因為小才的確夠格囂張，雖然他在大耗的背後，臉卻是正對著貓群。

換句話說，他是倒退著跑的。

他倒退著跑，速度不但沒有絲毫落後，手上雙斧更能發揮驚人的實戰能力。所有貓一靠近雙斧，隨著喀嚓喀嚓的聲音，不是被斬斷腳，就是被削斷耳朵，一隻又一隻掉到隊伍後方，失去搶鍋的門票。

右邊有小秏，左邊有冷山饌，後面有倒退跑的小才，那琴呢？

只見她跑在大秏的前方，在被追擊的路線中，前方是最安全的，偶爾有衝過頭的貓咪，才會讓道行最末的琴出手。

護著一鍋魚湯的四個人，和一群飢餓到抓狂的貓，展開一場超乎想像的追逐戰。

遠遠望去，這場追逐形成了一條又快又長的貓咪隊伍，目的地直指陰界最著名的亂葬崗，高速移動中，隊伍中更不時有貓咪被擊中而掉隊。

而貓咪隊伍中，有三個點特別顯著，牠們就是掌控整條貓街的三尊帝王。

白鬍貓。

雖然同樣是擁有超過三百歲壽命的王者之貓，但品種卻不盡相同，牠們分別是血統古老純正，外型流線，短毛，臉部呈三角形，一雙神秘凝視的杏眼，「暹羅貓」。

一身長毛，骨骼粗壯，來自北美的野性之貓，「緬因貓」。

身體勻稱，動作敏捷，是優雅與親民的集合體，更有著招牌短尾的，「日本短尾貓」。

只是牠們雖然已經現身，卻遲遲不出手，因為牠們知道，此刻牠們的獵物元氣十足，現在出手恐怕會遭遇強大的反撲，所以牠們決定等待。

等待群貓耗盡這群奇怪陰魂的體力後，才是牠們出手的時機。

頂級的魚湯，就該讓頂級的牠們來享用啊。

高速狂奔的隊伍持續推進。

距離琴等人的目標鼠窟，已經剩不到一公里了。

此刻的琴，正體驗著她從未經歷過的感覺，高速狂奔。

在陽世的她，二十秒能跑五十公尺已經算偷笑了，如今她卻發現自己雙腳的移動速度，幾乎等同於一部高速行駛的汽車。看著周圍不斷流過的景色，她訝異之餘，竟感到一絲愉悅。

這就是陰魂嗎？少了肉體的負擔，純粹仰賴意志來操縱能量，才能將速度提升到這樣的地步。

雖然，琴還是很討厭陰界的打打殺殺，但她已經漸漸能感受到魂魄的另一種樂趣，沒有肉體負擔的樂趣。

不過也在這時候，琴發現了周圍的異樣。

曾幾何時，這一列追逐魚湯的隊伍，已經不只有貓咪了……

一隻渾身是刺，靠著屁股噴氣的生物，跟了上來；一隻長得像是海馬的陰獸，也轉著圈圈跟了上來；還有像是一條透明的長絲帶，面積大得離譜的陰獸，也黏在貓咪隊伍的外圍。

「這是怎麼回事？」琴問一旁的小耗。

「恐怕是大量的貓咪移動，太過醒目，將其他的陰獸也引來了。」小耗正甩著麵團鎖鏈，將所有的入侵者擊退。

「這樣說來……我們這鍋魚湯，夠這些大怪物吃嗎？」

「呵，妳這樣問……答案當然是，不夠！」小耗苦笑。

「那怎麼辦？」

「可能連我們一起加上魚湯，才能餵飽牠們吧？」

隊伍不斷高速挺進，在街道巷弄間穿梭，陰獸的數目也不斷累加，只是礙於隊伍中心的貓群，沒有一隻陰獸敢跨到隊伍核心。

而且，這場宛如百鬼夜行的浩瀚場面，也吸引了不少魂魄的注意，他們從街道邊探頭探腦，訝異的看著聲勢驚人的貓群移動。

有的魂魄二話不說，拿出手機，按下手機快門，記錄這奇異的一刻。

也有魂魄趕快用手機將畫面傳給陰界的家人和朋友，因為用手機拍照是一種幸福，而拍完照還可以寄出去，則是一種奢華的幸福。

不過，在人群中，卻有兩個熟悉的影子，他們從一開始的起點貓街，就緊緊跟著。

他們才是最重要的拍攝者。

兩人中一個頭戴白色鴨舌帽，他右手操縱著機械母蚊，而母蚊又遙控著數十隻公蚊。

公蚊體積較小，飛散在整個貓群周圍，透過牠們銳利的眼睛，從每個角度記錄這次驚人的貓群移動。

「你簡直就是天生當狗仔的料。」鴨舌帽旁邊的男子開口，短髮，帶著英悍之氣。「竟然可以捕捉到這麼完整的畫面？」

「我厲害的地方可不止於此。」鴨舌帽男子得意的笑，「透過符咒，我甚至可以把畫面傳出去。」

「符咒？」

「符咒是僧幫的科技結晶，主要分為五大功能，強化、阻斷、異變、傳輸，以及滅殺。其中符咒可進行傳輸，只要把能量送入符咒內，」鴨舌帽男子拿出一張符咒，唸了兩個字，符咒頓時轟然燒起，「就能把能量傳到另一張符咒的所在地。」

只見符咒不斷燃燒著，上頭的古老文字則像是透明的氣泡般飄起，然後慢慢依附在母蚊的身上。

「所以現在母蚊所有的畫面……」短髮男子問。

「當然都會透過『傳輸符咒』，傳到那個地方。」

「哪個地方？」

「陰界電視台啊。」鴨舌帽男子得意的笑，「懂嗎？我的老朋友，柏。」

「是嗎？厲害！」這短髮男子就是柏，他眼中閃過一絲對陰界科技的讚嘆。「阿歲。」

柏的身旁，能夠以蚊為技的男人，果然非阿歲莫屬。

「貓群從貓街中大規模移動，這可是陰界百年罕見，肯定能賣給電視台一個好價錢。」阿歲咧嘴大笑，「這下子賺翻，賺翻啦。」

於是，所有貓咪移動的各角度畫面，就這樣經過蚊子的眼睛，再透過僧幫專賣的「傳輸符咒」幫助，一口氣傳送到了電視台。

同時間，陰界電視台的人員看到這畫面，眼睛登時亮起，立刻取消了原本正在播放的，一堆鬼魂在電視上談八卦的「今夜誰見鬼？」節目，換上了這則來自貓街的即時新聞。

貓群，最強大且尊貴的貓群，竟然傾巢而出，帶著瘋狂與喜悅，追逐著某個東西？

那東西究竟是什麼？

連罕見的白鬍貓都被引了出來？到底是誰有這樣的魅力？有這樣的膽子？

「記者們，出動啦。」導播注視著畫面，轉頭對辦公室剩下的記者們，發出低吼。

「喔？」所有的記者抬頭。

「是什麼樣的人敢惹貓街貓群？」導播露出興奮的笑。「去把他們給我找出來。」

所有記者轟然起身，抓起攝影器材，就開始往外跑。

「你笑什麼？」奔跑間，一個文字記者忍不住問了旁邊的攝影記者。

「那你又笑什麼？」攝影記者回問。

「我笑，是因為這消息很有趣，無聊透頂的陰界，已經很久沒有這麼刺激有趣的新聞了。」文字記者笑著回答，「那你呢？」

「我和你一樣，但我想要補充一點。」

「哪一點？」

「我有預感，這只是開始。」攝影記者的笑容在他的鬍鬚下，豪放展開。「受政府壓迫的陰界子民，就要開始呼吸了。」

「就要開始呼吸了？怎麼你講話比我還像文字編輯啊。」文字編輯笑了，然後兩人一起跳上了造型酷似廂型車，卻多了一雙眼睛的陰獸「箱魚」。

「走吧。」攝影記者注視前方，語氣難掩興奮。「我們去搶下這則新聞吧。」

說完，箱魚擺動尾巴，往前高速奔馳而去。

而在貓群核心，琴等人正拚命奔跑著，周圍景色高速流過，忽然，琴發現了前方的異樣。

「快到了！鼠窟就在眼前了！」琴興奮的提醒眾人。

眼前，同時兼具陽世繁華熱鬧，與陰界晦暗陰沉的金色商圈就在眼前了。

那株曾經充滿生命力，如今卻枯萎得只剩下主幹的橄欖樹，也在眼前了。

「鼠窟快到了，但入口在哪？」一旁的小才轉頭問。

琴正要回答，忽然間，她發現樹下有著一大群小孩拿著大旗，用力揮舞著。

看見那大旗，狂奔中的琴忍不住笑了。

因為她知道是誰在帶領這群小孩了？妞妞，這個發誓要驅走老鼠，讓陽光重新照耀亂葬崗的小女孩。

她，早就在這裡了。

「大姊姊！在這裡！在這裡！」妞妞和後面的小孩們，拚命揮舞著大旗，「從這個洞下去，就是鼠窟了！」

鼠窟，就在眼前了。

琴忍不住微笑起來，這計畫到目前為止都好順利。

好順利。

順利……

「琴姊，小心前面！」

在這一剎那，琴聽到了一聲嘶吼，來自她的右後方，小耗。

琴一愣，重新轉頭看向前方，接著她看見了，牠。

高雅纖細，美麗絕倫，有一雙神秘杏眼的貓。

白鬍貓，暹羅。

「喵。」就在逼近鼠窟的這一刻，聰明絕頂的白鬍貓終於出手了。

第一隻白鬍貓，暹羅，牠輕輕一縱，跳過百隻狂奔的貓群，一口氣躍到隊伍的正前方，然後一個優雅轉身，正視著隊伍前頭。

牠知道要截殺這隊伍，就得從最重要、也最弱小的地方下手。

那地方，就是琴。

「啊啊啊！」琴已經完全無法煞車，她只能奮力舉起雙掌，試圖放出電能。

但這次琴失算了，她的電能畢竟還不到位，不足以對付陰獸等級在屍鯊之上的，白鬍貓。

噌的一聲，電能碰觸了白鬍貓，白鬍貓一抖身軀，卻是完全無事。

然後白鬍飄動，爪子揮出，朝著琴的腦門直接落下。

「死。」琴睜大眼。「死定了。」

死定了！

「吼！琴姊！」就在這一刻，琴感到自己的右後方，跳來一個人影。

人影全身都是白色，像是被麵團裹住，一口氣擋在琴的面前。

「小耗！」琴怎麼可能不認識這麵團？她放聲大叫，「不要！」

貓爪落。

白色麵團飛騰。

琴發現自己依然無恙，而她面前的那個男孩卻倒下，全身是血的倒下。

「小耗！」琴尖叫，抱住仰躺而下的小耗，她感到眼眶全都是模糊的淚水。「你，你幹嘛啦！你幹嘛啦！」

「琴姊，我好像算錯了。」小耗滿是血污的臉，露出疲倦但鬆了一口氣的微笑。「原來，我的麵團道行還不夠，擋不住這貓的一爪啊。」

「小耗……」琴想哭，都是因為自己的疏忽，才讓小耗受了這麼重的傷。

「琴姊，小心，暹羅貓還在啊！」另一頭，大耗扛著大鍋，大聲嚷著。

琴抬頭，果然這隻兇惡的白鬍貓，再次舉起貓爪，擊了下來。

貓爪錚的一聲，這次沒落下，因為一對斧頭。

「在老子面前，敢班門弄斧？」斧頭之下，是一雙綻放熾熱戰意的雙眼，他是小才，危險等級五的地空星小才。

「喵吼。」暹羅露出銳利牙齒，兩隻貓爪同時上場，猛力撲擊小才。

但小才絲毫不懼，大斧小斧一起亮相，大斧橫切，小斧細剁，配上迷離的玻璃光線，組合出小才最得意的雙斧攻勢。

雙斧攻勢一起，與雙爪不斷糾纏，白鬍貓最後不得不避其鋒，在優雅的儀態下，暹羅退了。

暹羅一退，貓的隊伍速度再度回復正常，妞妞的大旗拚命舞動，鼠窟就在眼前。

「呼。」小才喘氣，剛剛那一剎那，他其實用上了八成力，總算逼退這隻該死的A級陰獸。

只是，小才的雙斧舞動了兩下，忽然一沉，沉到他幾乎無法握住，他定神一看，斧面上，不知何時，竟然躺了一隻大貓。

「好快、好準，竟然剛好停在我的斧頭上？」小才心驚，仔細看去，那是一隻壯碩肥貓，下巴長長的白鬍隨風飄揚。「緬因貓？」

「喵。」緬因貓龐大的身軀卻異常靈巧，一個轉身，就變成居高臨下，撲向小才。

小才右手急忙旋轉小斧，硬拚這隻緬因貓，一斧一爪，冒出燦爛火花，兩力相當頓成僵局。

但小才與緬因貓互拚之際，同時間卻感到背部一涼，剛剛被逼退的暹羅已經上來了。

兩貓夾擊之下，始終遊刃有餘、狂妄自大的小才，終於陷入了苦戰。

「吼。」小才雙斧高速揮舞，但身上被貓爪劃破的血跡，卻仍不斷累積。

「小才，再撐一下，我們快進入鼠窟了！」琴抱著小耗，拚命跑著，整列貓咪隊伍至今，仍維持高速挺進。

「琴姊，我不擔心自己，我擔心你們。」小才身陷雙貓狂攻下，仍大喊道。

「擔心我們？」琴一愣。

「白鬍貓，還有一隻啊！」

小才的話才說完，琴發現她頭頂的天空黑了。

琴愕然抬頭。

那是一張美麗的貓臉，正露出彷彿人類般的笑。

「喵。」第三隻白鬍貓，日本短尾貓，貓爪輕揮，眼看就要把琴的腦門打掉。

而琴則完全愣住，她以為貓群已經夠兇狠，黑鬍貓已經夠快夠狠了，但萬萬沒想到的是，白鬍貓等級更高，竟說來就來，讓她完全措手不及。

眼看貓爪越來越近，腥羶的風，已經吹到了琴的臉頰。

忽然，一個聲音傳來。

『頭往左下躲！』

往左下躲？這一剎那，琴無法分辨聲音來自何處，她甚至完全不認識這聲音，但聲音給了琴一種奇妙的信賴感，於是琴的頭一偏。

左下。

這個完美的躲避角度，讓貓爪只差數釐，就打下琴的頭顱，真的只差數釐。

因為琴的幾絲頭髮已經被貓爪切斷，迎風飄起。

「謝謝。」琴閃過貓爪之後，內心陡然升起一個疑問，那聲音……似乎不是莫言啊！

不是莫言，那是誰？

「那是誰？」琴驚急回頭，想找到發聲者，但眼前只有如海浪般簇擁的貓群，還有外圍不斷伺機而動的陰獸群。

「小心！日本短尾貓又來了！」一旁冷山饌發出一聲低吼，躍到琴的前方。

琴躲掉了日本短尾貓的第一擊，替自己爭取了數秒空檔，讓冷山饌有了救援的時間，只見冷山饌發出蒼老低沉的大吼，靠著自己那兩把菜刀，硬接下日本短尾貓的這一爪。

砰。

冷山饌只覺得一股天崩地裂的力量傳來，他整個身體連同菜刀都離開了地表，飛了起來，只是一直到墜地昏迷以前，冷山饌的雙手都沒放開菜刀。

絕不放開菜刀，這是身為一等廚師的堅持。

「喵吼。」日本短尾貓低沉的吼聲再起，驅逐了冷山饌後，牠再度把注意力放在琴身上。

這三隻白鬍貓的智商果然高過其他貓一等，牠們知道整個隊伍的靈魂不是那鍋魚湯，而是看似弱小的琴。

只要能擊殺琴，隊伍的靈魂頓時潰敗，那鍋鮮美的魚湯幾乎就到手了。

「沒救了。」在這一秒鐘，琴湧起比剛才更強烈的死亡預感。

因為大耗保護大鍋疲於奔命，冷山饌師父被擊飛，傷重的小耗更是生死未卜，而唯一的強者小才，正被兩隻超高等級的白鬍貓圍攻，分身乏術。

現場只剩下琴自己了。

她必須獨自面對這隻兇惡的日本短尾貓，獨自面對這場沒有絲毫勝算的對決。

「真是糟糕啊……」琴苦笑，雙掌不自覺的顫抖著。

只是此刻，她腦海中飛過好多念頭，剛剛那聲音是誰？自己能找到武曲的記憶嗎？風鈴中到底藏著多少秘密？

說到風鈴……咦？好奇怪，以往總是率先提醒她危險的風鈴，這次為什麼沒有響？

儲存著武曲浩瀚的記憶，每當琴遇到生死關頭，總能力挽狂瀾的魔法風鈴，為什麼沒有響？

它是已經失去了希望，所以不響？還是知道了些什麼，所以不願響？

「不管啦！戰到最後一刻吧！」琴用盡全身力氣大叫，雙手雷電交錯，爆發激烈閃光，衝擊眼前的白鬍貓，日本短尾貓。「至少要把你推進鼠窟！」

雷電閃爍猛撲短尾貓，但牠卻宛若不覺，貓爪速度依然不減。

琴只能看著貓爪的陰影離她越來越近，越來越近……

然後，琴的眼睛睜得好大，令她詫異的事情發生了。

遠處，公園內，長椅上，一個喝完被捏扁的飲料罐，正懶洋洋的躺著，鋁殼上寫著四字，「珍珠搖滾」。

飲料罐被留下，但喝的人已然不在。

喝的人，究竟在哪？

他，此刻傲然的站在琴的面前，雙手是宛如兩條透明白龍般游動的，收納袋。

「收納袋？！你這個笨蛋，你終於、終於來了！」琴大叫，眼淚卻湧上。「莫言。」

「很吵欸。」那個高瘦的光頭身影現身，高傲的擋在琴的面前。「妳原本就不太漂亮了，再哭，就變成醜八怪了嘿。」

「誰是醜八怪？！」琴叫著，卻也笑了出來。「討厭鬼！」

「抱歉，我真的來遲了，沒想到白鬍貓的速度這麼快？」莫言昂然而立，臉上露出冷笑。

「不過剛剛的第一擊，妳自己躲得真好。」

「我自己躲？」琴想到剛才那一瞬間的「往左下躲」，果然不是莫言的聲音？所以，另有其人嗎？還有一個能夠看穿白鬍貓攻勢的人，正在幫她？

而且為什麼琴覺得，這聲音好熟悉又好陌生，這聲音到底是誰？

琴心裡正想著方才的事，眼前的莫言，卻已經帶著泰山般強悍的氣勢，與日本短尾貓對峙。

莫言無懼，無懼於眼前這隻凶神惡煞般的白鬍貓。

他之所以無懼，因為他夠格。

因為他是危險等級夠高的擊羊星，因為他是能與小才、小傑兩人周旋的神偷，更因為，他手上這個袋子。

透明，隨風飄動的袋子。

「喵吼！」日本短尾貓終於承受不住與莫言對峙的驚人壓力，身體一屈，然後像一顆砲彈般朝莫言撲來。

「打開嘿，收納袋。」莫言大喝，手一揮，袋子便宛如巨旗般舞動。「貓咪啊。」

而這個透明袋子揮動的影子，卻成為這隻白鬍貓活了三百歲以來，最鮮明、也最無法理解的記憶。

因為下一秒，牠的世界，只剩下一大片的收納袋而已。

而就在莫言出手，壓制了日本短尾貓，小才一人撐住暹羅貓與緬因貓，小耗重傷，冷山饌昏迷，戰局一片慘烈之際……

目的地卻已經到了。

鼠窟，終於到了。

在妞妞和小孩們的大旗揮動下，鼠窟終於到了。

「大耗！」琴在這時，用盡全力發出大喊。「把鍋蓋打開，然後丟下去。」把鍋子丟下去。

「得令！」大耗回吼，一個縱身躍起，挾著驚人的速度，把那個滾燙的大鍋給扔入了洞中。

大鍋滾落，蓋子隨之打開。

香氣，經過長時間熬煮，最鮮美的魚湯香氣，宛如投入黑夜中的炸彈，先是一頓，然後整個炸開出來。

香氣從洞中噴發而出，就像是一座憤怒的火山，將全部香氣化成濃烈煙塵，席捲大地，所有貓咪都為之瘋狂，無法控制的往鼠窟內衝去。

唯獨那三隻聰明絕頂的白鬍貓，以牠們的智慧，已經猜到洞穴內必有詐，可是牠們也無力阻止這上百隻瘋狂的貓咪，只能眼睜睜看著貓群前仆後繼，擠入鼠窟內。

「喵。」暹羅貓眼睛看了一眼琴，也跟著躍入鼠窟。

「喵吼。」緬因貓搖擺著肥胖的屁股，繞過琴的身旁，跟著擠入鼠窟。

最後，則是依然被困在收納袋中的短尾貓。

「我想，你一定也想和夥伴們一起嘿？」莫言低語，手一拍，收納袋緩緩消失。「那你就去吧。」

沒有了收納袋的束縛，日本短尾貓四足落地，牠也回頭看了琴一眼，然後邁開步伐，毛茸茸的身軀消失在無光的鼠窟內。

洞窟中，鼠與貓的天敵廝殺，即將上演。

「貓已經進去了，我們也該進去了。」琴深吸了一口氣。「大耗，請你留下。」

「我留下來？為什麼？」大耗仍在喘氣，剛剛一路保護大鍋，已經耗盡他的體力。

「小耗身受重傷，冷師父昏迷，只有你能照顧他們。」琴往下看著那黝黑無光的鼠窟。

「莫言、小才，我們三個進去吧。」

「等等，琴姊，妳確定妳也要下去？剛剛妳已經看過白鬍貓的厲害了，」小才用手臂抹去滿臉的血，這些血跡，實在分不出是他的，還是那些陰獸貓咪的？「洞裡面再加上微生鼠，凶險肯定比外面大上百倍喔。」

「別去嘿。」莫言也搖頭。「白鬍貓有三隻，加上一隻微生鼠，洞裡面凶險可想而知。」

「莫言，連你也勸我別下去啊？呵。」琴一笑，「但我覺得，我才是最該下去的一個。」

「為什麼？」

「因為下面有我要救的夥伴。」琴側著頭，微笑。「小傑啊。」

「嗯。」小才沉默了半晌，用力點頭。

「而且，我忘不了那三隻白鬍貓下洞時看我的眼神。」琴凝視著深邃的洞底，「牠們似乎在對我說著一件事……」

「說著什麼？」

「『妳就是始作俑者吧？有膽，一起下來啊！』」琴說到這，不驚反笑，豪氣隱隱而現。

「是這樣嗎？真是一群好貓，牠們在對妳下戰帖啊？」莫言手插在口袋，露出理解的笑容。「那我也沒意見嘿。」

「那我們三人，就一起下去吧。」琴正要往下躍去，忽然衣角被人輕輕拉住。

「等等，大姊姊，妳忘了還有我嗎？」

琴回頭，看見那個臉上帶著髒污、外貌平凡的小女孩，妞妞。

當時就是靠著妞妞與小孩們揮舞大旗，才把眾人引導到鼠窟正確的入口，他們的貢獻的確不小。

「妞妞，妳就別下來了吧，因為裡面太危險囉。」琴蹲下來，認真的看著這個小女孩。

「大姊姊我不去不行喔。」妞妞拚命搖頭，嘻嘻的笑著，「因為只有我最了解鼠窟地形。」

「可是……」

「放心，我從小在這邊長大，進入鼠窟也不是第一次了。」妞妞咧嘴一笑，缺了幾顆牙的笑容好可愛。「我有辦法保護自己。」

「嗯。」琴回頭看向小才和莫言，小才則用力點頭。

琴也知道，妞妞是不可或缺的角色，鼠窟裡面路徑縱橫交錯，若沒有一個夠格的領路人，風險恐怕會加上百倍。

而莫言則眼睛瞇起，瞄著妞妞的背影，似乎在思考著什麼，過了幾秒，才緩緩點了點頭。

「好吧。」琴取得了兩個重要夥伴的同意，於是拉起妞妞的小手，「那小才和莫言，你們多分點心，注意一下這女孩，好嗎？」

「嗯。」兩人一起點頭。

「既然已經決定了，」琴再次用力吸了一口氣，看著這又深又黑，位於地下的鼠窟。「那走吧。

我們走吧。」

聲音剛落，琴的雙腳已然躍起，然後躍入了這片黑暗中。

隨著她身體開始墜落，一股夾雜著野獸腥臭的危險氣息，立刻將她緊緊包圍。

這些氣息似乎都在說著同一件事——

危險，這裡面非常危險。

而隨著自己慢慢墜落，琴壓抑著正緩慢加速的心跳，她低語著。

橄欖樹，我來了。

武曲的第二個秘密，我來了。

琴進入鼠窟，又會有什麼遭遇呢？
到底那個提醒琴躲開日本短尾貓的聲音，是從哪裡來的呢？
令琴又熟悉又陌生的聲音？難道就是……

第四章・破軍

4.1 一故友齊聚

那個救了琴一命的聲音，究竟從何而來呢？

當然是他。

一個掌握了風感能力，但目前和琴差不多弱小的魂魄，柏。

在街道上，他與夥伴阿歲親眼目睹了貓群竄動的駭人畫面，而正當阿歲興奮的大喊著「賺錢賺錢啦」之時。

柏卻愣住了。

在一隻接著一隻瘋狂的貓咪當中，有人。

那些人是拿著大鍋的壯漢，還有持著雙斧的高手、扯著麵團的男孩，甚至是揮著菜刀的老先生，但這一切都比不上那個女孩，令柏的眼睛完全無法移開。

只是一瞬，柏連這女孩的臉都沒有看清楚，卻感到全身顫抖。

他見過她。

而且，他與她擁有共同深刻的記憶。

這感覺，竟和自己在陽世，初次見到小靜的學姊時，有幾分類似。

「不過，小靜的那個漂亮學姊，應該不會和我一樣倒楣跑到陰界來吧？」柏笑了一下，然後發出訝異的聲音。「啊！」

就在這一剎那，柏發現整列貓群的氣勢變了，貓那方的風陡然增強，完全壓抑住了裡面護鍋的那群人，原因很簡單，因為三隻白鬍貓出手了。

麵團男孩倒了，菜刀老先生也倒了，厲害的雙斧高手被兩隻白鬍貓糾纏住，而最後一隻白鬍貓，則盯上了那女孩。

貓爪，就要落下。

「頭往左下躲！」這一秒鐘，柏放聲大喊，他知道以自己的道行，絕對趕不及衝入貓群裡面，他只能大吼。

左下？

在吵雜混亂的這一瞬，那女孩往左下方躲了？

她聽到自己的聲音了嗎？她應該聽不到吧？她那驚險的閃躲又是從何而來？

然後，貓群高速流過，街道又恢復了原本的寧靜，只剩下地面被貓咪抓過的痕跡，還有幾隻笨拙的小陰獸，慢慢的從後面跟上……

「幹嘛，發呆啊？」阿歲拍了柏的肩膀一下。

「嗯，我覺得，自己好像看過貓群中那個長髮女孩。」柏此刻仍還未從剛剛的震驚中恢復。

「是喔，那女生該不會也是你馬子吧？」阿歲笑得輕佻，「你也太厲害了，從你來陰界我就沒看你休息過，先是唱歌的陽世小美女，然後是毒星鈴，現在連這個策劃貓群移動的辣妹，你都認識？」

「呸，」柏皺了皺眉頭，「別亂說好不好？」

自己與貓群中的長髮女孩，絕對不是阿歲說的那種關係。

是更深刻、更令自己懷念的關係。

只是，貓群中的長髮女孩和小靜的學姊，為什麼感覺這麼像呢？

「好啦開玩笑的，別生氣啦。」阿歲道歉般的揉了揉柏的肩膀，「怎麼樣？反正我們回去也沒牛肉麵吃，要不要跟著貓群去看看？」

「跟著貓群？」

「或許你不好奇，但看到過這則新聞的人一定會好奇……」阿歲一笑，「那就是，貓群到底要被引到哪裡去啊？」

「啊？」

「你還猶豫什麼？」阿歲咧嘴一笑，「我們出發吧！」

「這裡是……亂葬崗啊！」尾隨著貓群的痕跡，阿歲正站在這片黑暗的土地上。

這裡貧瘠破舊、污濁骯髒，只有一株僅剩樹幹的橄欖樹，坐落在土地的中央。

「嗯。」柏看著周圍，「可以感覺得出來，這裡的風很污濁。」

「其實，這裡本來不是這樣的。」阿歲嘆氣，「這裡曾經是非常美好的地方，溫暖的陽光，嬉笑的人們，所有人環繞著一株橄欖樹而生活，橄欖樹會定期落下像是寶物般充滿能量的橄欖油，而且這裡更有一些傳言……」

「什麼傳言？」

「沒事，只是傳言而已，」阿歲眼睛機警的看了周圍一下，「關於過去黑幫的事情，談起來還是得小心點好，這裡畢竟不是牛肉麵店啊。」

「過去黑幫……」柏凝視著腳下的一個大洞，他可以感覺到洞中，正不斷湧出躁動的風，這些風都在叮嚀著。

危險。

這裡的風很危險。

「是啊，好像在二十幾年前，這裡突然來了一群老鼠，老鼠鑽入地底，破壞了橄欖樹，於是橄欖樹不再落下橄欖油，居民生計出了問題。接著，厄運就像瘟疫般開始流行，燦爛的陽光消失了，各種邪惡的陰獸盤據，居民能走的就走，走不了的就這樣不斷的虛弱下去。」阿歲嘆氣，「曾經，我和老闆娘的夢想，就是搬到這樹下來，只是當時地價好貴，如今卻已經完全是另外一回事了。」

「可是，」柏皺眉，「老鼠為什麼突然會來？」

「這又是傳言啦。」阿歲搖頭。「據說是某個人，想要盜取這裡的能量，而那個人你應該也……」

只是阿歲才說到這，就突然噤聲，因為他們發現，不知道何時，他們竟已經被包圍了。

這些影子呼吸沉重，全身都是驚人脹開的肌肉，正不懷好意的朝兩人靠近著。

「這些是什麼人？」柏擺出戰鬥姿態。「風好濁啊。」

「亂葬崗中出現的新物種，」阿歲雙手插在口袋，冷然看著這群肌肉棒子，「吸取鼠毒維生的人渣。這幾個人渣，沒什麼好怕的！」

「你不怕這幾個人渣？」柏注視著前方。「你說的幾個，究竟是幾個？」

「有差嗎?三、五個，十一、二個，我用一蚊指就全部搞定了。」阿歲還是得意洋洋。

「十一、二個?嗯，如果是……」柏感受著風，他不只可以感受到風的強度，還有風的數量啊。「一兩百個，不，四五百個呢？」

「四五百個？」阿歲在這一秒鐘，張大了嘴巴，停住了。

因為他知道柏的風感能力如何，更重要的是，眼前肌肉棒子的數量真的在激增，密密麻麻的人牆，已經把他們兩個團團圍住。

「這麼多人，大概是老鼠們派來防止閒雜人等混入鼠窟的防禦網吧。」現在連柏也笑了一下。「那我問你，還是好解決的人渣嗎？」

「哈，還是人渣啊。」阿歲也在笑，他和柏一樣，體內都流著戰士的血液啊。「不過變成了很難搞的人渣群。」

「所以？」柏看向阿歲，「我們打嗎？」

「你想知道鼠窟下面的第一手消息嗎？」阿歲回看柏。

「當然想。」

「所以，」阿歲一笑，「我們當然打啊。」

「那就，」柏出拳了，一個肌肉棒子的鼻子整個凹入，往後跌開，「第一個啦。」

「第二個，不，第三個。」阿歲手一戳，最拿手的「一蚊指」氣勁如同一柄薄薄長劍，一口氣穿過兩個肌肉棒子的腦袋。

魂魄，登時裂散。

見到柏與阿歲率先展開攻勢，肌肉棒子們發出怒吼，朝他們蜂擁而來。

但才沒踏幾步，所有肌肉棒子的動作卻戛然而止，然後面露驚恐，回頭看向後方。

異變陡然降臨。

鼠窟外，肌肉棒子不斷湧現，包圍著入侵者阿歲與柏，大規模的圍攻就要上演。

但在同時，肌肉棒子的後方卻出現了異變。

異變中，哀號一聲接著一聲，不斷傳出，並夾雜著骨骼折斷、肉體被摔落地面的悶響。

難道，有人想要打穿肌肉棒子的人牆？

而且聲音越來越近，這麼多肌肉棒子組成的人牆，竟然阻止不了這人的快速挺進？

「是誰？」阿歲皺眉，「聽這聲音，來人很強啊。」

「沒錯。」柏昂著頭，他感受著風，自己的毛細孔也因為這人的靠近而興奮張開，因為來人真的是高手。

這樣強度的風，幾乎是鬥王與鈴的等級啊。

終於，肌肉棒子紛紛往兩旁跌撞，一條路被清了出來，路的底端，露出了異變的真面目。

竟然是一個矮小的乞丐男孩。

他身形輕巧，在肌肉棒子的肩膀與頭頂之間跳來跳去。只見他輕鬆跳到肌肉棒子的肩膀上，然後雙腳一夾一扭，肌肉棒子的脖子就這樣被硬生生的扭斷。

「這裡就是貓群消失的地方？」乞丐男孩不斷的跳著，一跳就是一條命，最後跳到鼠窟入口的前方，然後對阿歲與柏露齒一笑。

這一笑，柏看到那骯髒污濁的臉蛋中，一雙好明亮、閃爍著古靈精怪的眼睛。

「辛苦你們啦，那些畫面應該是你們拍出來的吧？」乞丐男孩笑，「拍得很棒喔。」

「謝……謝……」阿歲警戒的笑了一下，這樣的高手突然降臨，是福是禍很難預料啊。

「畫面裡，我好像見到了一個多年不見的老友，所以特地來看看，而且我發現……」乞丐男孩低頭凝視鼠窟深處，他背影雖然纖細，卻散發如同山嶽般強大的氣勢，讓肌肉棒子群一時間不敢靠近。

「而且？」

「看到老朋友而來的人，好像不只是我哩。」乞丐男孩突然抬頭，露出開心的笑容。

「不只你？」柏才問完，忽然另一股風，從肌肉棒子群的右側吹了過來。

這風，柏認得，這是帶著濃烈毒氣的風。

風的源頭，是一個美女，她踏著輕盈的步伐，手上則不斷揮出一顆顆毒珠。

每顆毒珠從她手上射出時，看似輕描淡寫，事實上卻精準的射中每一個肌肉棒子的要害。

而且肌肉棒子一碰到毒珠，隨即發出奇怪的哀號，龐大身軀竟像是洩了氣的氣球，腐蝕到只剩下一層皮。

短短數分鐘之內，肌肉棒子組成的人牆，又硬是被這劇毒之女，給撬開了一條路。

只是，這條路卻是沾滿毒氣與泥血的可怕路徑，而路徑底端出現的那個人，柏不只認識，更永難忘懷。

是她，操縱毒珠使忍耐人中毒；也是她，一人試圖毒殺千百個黑暗巴別塔的觀眾；更是她，最後卻在鬥王的面前，委屈的哭了。

她，竟是美豔絕倫，讓人眼睛捨不得轉開的高手，鈴。

她看到柏，先是一愣，然後臉微微紅了。

「幹嘛，看到帥哥會臉紅？這麼多年不見了，怎麼越活越回去？」一旁的乞丐男孩笑著說，順腳踢了背後一個想要偷襲他的肌肉棒子，只是一腳而已，肌肉棒子就像是飛彈般往後跌。

肌肉棒子撞上背後的同伴，一陣清脆的骨骼折斷聲過去，十幾人同時重傷倒地。

「你講話放乾淨一點。」鈴似乎和乞丐男孩是舊識，一開口就毫不客氣。「這些年來我肯定沒退步的，就是我毒死你的功力。」

「是是，鈴姊，我當年打不過妳，現在也是啊，」乞丐男孩口上雖說打不過鈴，卻依然是滿臉不在乎的神色。「妳也是看到電視畫面，猜到老朋友回來了嗎？」

「老朋友？她不是我的老朋友。」鈴咬牙。「我是來殺仇人的。」

「仇人？這麼多年了，妳還惦記這件事啊？」乞丐男孩嘻嘻的笑，「不過看她引來貓的氣勢，妳如果要下手，肯定得快點喔，哪天她找回了雷電系的技，可能換成她殺妳了。」

「哼。」鈴哼了一聲，卻不再反駁，似乎也認同了這個說法。

「不過，這麼多年了，妳生氣的……真的是那男人沒有選擇妳嗎？」乞丐男孩笑，「還是氣她，二十九年前離開，卻沒和妳講一聲，背叛了妳對她的信賴？」

「什麼背叛了我的信賴！我和她，是仇人！」聽到這，鈴臉色整個驟變，右手一翻，一隻蟾蜍登時被她托在掌心。

這蟾蜍體型嬌小，呈墨黑色，比一般蟾蜍小上幾分，但讓人印象深刻的，是牠身上突起的疣，每顆疣映著月光，宛如黑色寶石般，發出燦爛的黑光。

如此美麗的疣，如此奇異的蟾蜍，一看就知道是非凡之物。

「哎啊啊，在陰獸綱目中排行十五的老毒物，妳還養著啊？」乞丐男孩嘴上依然說笑，雙腳卻開始不斷的後退。

「當然，就是等著今天要對付你啊。」鈴往前踏了一步，纖纖小手跟著往前一送，她手上的蟾蜍母也在這一剎那，張開了嘴巴。

裡頭，是一條鮮紅黏稠的舌頭，如子彈般射了出來。

「舌頭、舌頭，真是討厭的東西啊。」乞丐男孩看到這快如閃電的蟾蜍舌，做了一個苦瓜臉，腳步急退，直至撞到了背後的肌肉棒子。

「你沒路可退了。」鈴冷笑。

蟾蜍舌頭抖動，直指乞丐男孩而去。

「不見得。」乞丐男孩一笑，右手往後一撈，就撈住了某個肌肉棒子的手臂。「給我去。」這聲「給我去」一出，乞丐男孩看似瘦小的手臂卻發出了超乎想像的怪力，將肌肉棒子巨大的身軀，以高速朝著蟾蜍舌甩了過去。

蟾蜍舌頭快，乞丐男孩手臂的速度更快，啪的一聲，蟾蜍舌頭黏上了肌肉棒子。

「沒用的。」鈴冷哼一聲。

下一秒，肌肉棒子發出哀號，竟在短短的一秒內，身體就被劇毒入侵，化成一攤肉泥，落在地上，肉泥四濺，又一堆肌肉棒子中毒應聲而倒。

只是當肌肉棒子倒成一片的同時，所有人發現，他不見了。

那乞丐男孩竟然瞬間就不見了。

蟾蜍舌毒死肌肉棒子才不過短短一剎那，乞丐男孩竟然就消失了。

但真正對此感到吃驚的人，是柏。

因為他赫然發現，乞丐男孩不只從視覺中消失，連他的風也一併失去了蹤跡。

連風都消失了，那表示風感能力都捕捉不到乞丐男孩，這人的隱藏功夫，當真可怕啊！

「你不要再躲了，我知道你還在。」蟾蜍母的舌頭收回，鈴高傲的說，「你不出來，我就叫蟾蜍母噴灑毒液，把這裡變成一座毒城，看你還怎麼躲？」

「妳要進行大規模、無差別的攻擊，把我逼出來，我可以理解。」奇怪的是，這男孩雖然已經消失了，聲音卻仍在。「但妳不會做的。」

「為什麼？」

「因為以妳的個性，要噴灑早就噴灑了，妳一定是顧忌某人，啊，難道是旁邊的帥哥？」男孩的聲音還在，只是忽遠忽近，讓人無法掌握位置。「妳幹嘛那麼在意他？他只不過是個新魂啊……」

「亂說，」鈴的臉又微微紅了。「誰在意他了？」

「真奇怪，妳越老越容易害羞啊？」乞丐男孩的聲音提高。「但還有另外一個原因，我更百分之百確定妳現在不能撒毒了。」

「哪一個原因？」

「因為，又有一個老朋友來囉。」

又有老朋友來囉？這一秒鐘，柏與阿歲同時轉頭，看向肌肉棒子的後方，那裡，一聲轟隆轟隆的巨響，正不斷靠近。

這個人的風……柏的喉嚨咕嚕一聲，和乞丐男孩、鈴，甚至是鬥王，都在同一個級數上。

這世界，哪來這麼多高手啊？

轟隆聲越來越近，沿途肌肉棒子不斷飛起，而且身體都像是被坦克車給撞過似的，血肉模糊，斷手殘肢亂飛。

終於，第三個人到了。

他身材高大，速度卻快得驚人，柏一眨眼，就看見他出現在鼠窟前方。

那人穿著深藍色的軍人制服，雙手放在背後，威武中透著威嚴，正注視著鼠窟深處。

「你也來了？」鈴面對這威武的軍人，表情戒慎。「這些年不見，你穿上了藍軍制服？你加入天相星麾下的軍隊嗎？」

「是。」

「沒想到你會選擇這條路。」鈴美麗的眼睛眨動。「我以為……」

「我與天相約法三章，我可以替他打天下，但若我不願意……則隨時可以離開。」男人語氣低沉。「這是承諾。」

「但就算你投入了政府軍旅，也是因為看到電視，而想來確認是不是她？」鈴歪著頭。

「是。」男人眼中透露著濃烈的殺氣。「我來確認她，是不是我記憶中的樣子。」

「如果不是呢？」乞丐男孩陡然現身，正坐在一個肌肉棒子的肩膀上，露出調皮笑容。

「若是你，應該知道我會怎麼做。」軍服男子冷笑，霸氣十足的冷笑。

「哎喔。」乞丐男孩蹺腳搖頭，「不過你幹嘛懷疑啦，會幹這種……把整條貓街的貓都引出來的事，一定是她啦，而且她一定沒變啦！」

「不盡然。」軍服男子嚴肅的搖頭。「有些事，親眼確認為準。」

「哎哎哎，」乞丐男孩雙肩一聳，「你和鈴都一樣，幹嘛都用這麼嚴格的標準，來看我們的老朋友呢？」

「什麼朋友？她是仇人。」鈴在一旁蹙著眉頭，插話。「她才不是我的朋友。」

「可是，妳還是來了，不是嗎？」乞丐男孩笑。

「我是來殺她的。」鈴皺眉。「我要再重複一次。」

「是啦是啦，不過，現在你們兩位打算幹嘛呢？」乞丐男孩笑著說，「我們是要下鼠窟，瞧一瞧我們老朋友的狀況？還是……」

「我打算等她上來。」軍服男子慢慢的說著，「如果連鼠窟這種小地方都不能平安的出來，我也不用再多說什麼了。」

「我同意。」鈴雙手抱胸，露出美麗的冷笑。「我猜她會死在鼠窟，因為剛剛蟾蜍母告訴我，鼠窟裡面有等級比牠高的陰獸存在，那肯定是陰獸綱目中排行十二的，微生鼠了吧？」

「嘖嘖，微生鼠在下面啊？那可就有點好玩了。」乞丐男孩看了看周圍這群肌肉棒子。

「那在等待之前，我們找些事情做吧。」

「找事情做？你又想打賭了嗎？」鈴單手扠腰，笑容中帶點調皮。

看見鈴的笑，一旁的柏竟然有些發愣。

之所以會愣住，是因為這是他從未見過的鈴。

用一億元買下自己性命的鈴，當時她的笑，是果決聰穎。

於黑暗巴別塔試圖毒殺千名觀眾的鈴，當時她的笑，是狠辣無情。

在火星鬥王面前的鈴，當時她的眼淚，又是無奈悲傷。

但此刻的鈴，她的笑，卻比以往幾次輕鬆許多，像是終於來到一個最適合自己的環境，身處在一群可以和自己相提並論的高手之間，她像是個小孩。

是的，笑起來像是小孩。

「是，還記得當年我們與政府打架時，最愛做的那件事嗎？」乞丐男孩從肌肉棒子身上跳了下來。

「當然記得。」軍服男子轉了轉脖子。「就是算算數學吧？」

「是啊，是算數學。」乞丐男孩笑，「不過算的不是十二年國教，更不是賤狗式數學，而是敵人的腦袋。」

「又要算數學了嗎？我贊成。」鈴笑。「因為我也挺討厭這些傢伙的，而且他們也看到我們了，更是討厭。」

「那還用懷疑嗎？」軍服男子往前踏步，殺氣如泰山壓頂，往四周擴散而去。「就全殺了吧。」

然後下一秒，三個人同時動了。

三個不知道來歷，神秘但強大的高手，同時動了。

這一刻，柏的眼睛睜得好大好大，因為他再次見識到了陰界高手的可怕。

原來，殺死魂魄可以這樣簡單，可以這樣暴力。
不過，柏與阿歲卻忘記了一件重要的事，那就是，他們也見到了這三個人。
所以他們兩人的名字，其實也被列在殺人名單之中啊！

就在鼠窟外殺機四伏的同時，數萬公尺外的一棟建築物內，一個身穿黑白雙色西裝、渾身悍氣男子，也透過螢幕觀察著這一切。
他滿臉邪氣，雙眼緊盯著螢幕。
螢幕上是妞妞領著一群小孩揮舞旗幟，而琴帶領眾人與群貓，一鼓作氣衝入鼠窟的畫面。
「當時沒抓住妳，果然是失策。」男子說話的聲音極怪異，彷彿有兩人同時說話，一音高昂一音低沉，合起來讓人渾身不舒服。「果然是我黑白無常最大的失策啊！」
然後，黑白無常彷彿發現了什麼，瞪大眼睛瞧了螢幕數秒，才忽然露出一個古怪的笑容。
「啊？」黑白無常眼神閃過一絲詭異，手指放在螢幕上。「這個人，怎麼會在這裡？」
這個人，怎麼會在這裡？
是誰，讓掌握整個政府警察系統，權力熏天的貪狼星都感到訝異？
「若真的是她，」訝異之後，黑白無常咯咯笑了，「這鼠窟下面，可就熱鬧，非常熱鬧啦。」

笑了幾聲後，黑白無常一手按住桌上電話的按鈕。

不多久，一個男子的聲音從電話中傳來。

「老大，你找我？」

「冠帶，人湊齊了沒？要過去了嗎？」黑白無常語氣冷酷。

冠帶，不就是警察系統中駐警的頭頭嗎？

「湊齊？」

「笨蛋，你沒看新聞嗎？有人帶貓衝入了鼠窟！」黑白無常冷冷的說，「你身為駐警之首，不應該派人包圍亂葬崗嗎？」

「是，是，是，」冠帶語氣慌張，「我馬上帶人過去。」

「記住，包圍鼠窟就好，別下去。」

「咦？」

「鼠窟危險，不是你能下去的地方，更何況……咯咯……」黑白無常笑了，「早就有人捷足先登啦。」

捷足先登？冠帶語氣困惑，但他不敢多問，他很清楚這個頂頭上司的脾氣，多問一句，問錯了，恐怕就是一身的酷刑。

「老岳啊老岳，你果然按捺不住了嗎？」黑白無常冷笑，「果然，按捺不住了嗎？」

只是，黑白無常到底看到了誰？

那個人又與岳老有什麼關係？

陰界，亂葬崗，鼠窟外。

全身橫練肌肉，專門打架的肌肉棒子，數目正在激增。

只是，他們激增的數目，卻遠遠比不上驟減的數字。

讓他們數量驟減的原因，只是三個人，三個正在瘋狂展現實力的怪物。

一側是鈴，她收起了最終武器蟾蜍母，改以自己私釀的毒液。

「這是臭豆腐的材料，以蟾蜍母的毒為主，輔上七七四十九種陰界藥草，雖然毒的純度不足，但對付這群小奴才，已經夠了。」

身處在不斷湧來的肌肉棒子群中，鈴仍維持著一級美女的儀態，她纖手輕揮，毒珠便閃爍綠色光芒，撒落在肌肉棒子身上，被濺到之處，皮膚快速燒起。

皮膚燒盡之後，肌肉跟著被腐蝕陷落，然後骨骼也被毒珠咬穿，最後到達了五臟六腑。

一到五臟六腑，這魂魄登時宣告死亡。

毒珠不斷撒落，肌肉棒子一個接一個倒下，而鈴的口中則輕輕唸著。

「六十二，六十三，六十四……」

另一側，正在發威的則是那個乞丐男孩，只見他高高躍起，躍入了灰白色的月光中。

然後，竟然就消失了。

所有肌肉棒子都訝異的抬頭，他們還沒能搞懂，為什麼這個男孩會消失在月光之中……第一個受害者就已經出現了。

脖子被折斷，摔倒在地。

「啊？」第二個肌肉棒子看著地上的夥伴屍體，正要說話，忽然脖子一轉，轉到了背後，然後又轉到了正面，硬是轉了三百六十度。

不用說，當然是掛了。

只見一個透明無法被捕捉的殺手，正在肌肉棒子群中瘋狂肆虐著，強大的武力和未知的恐懼互相混合，讓肌肉棒子完全喪失了鬥志，除了逃竄還是逃竄，死亡數字更是因此而高速攀升著。

在肌肉棒子此起彼落的哀號聲中，只聽到虛空中一個聲音正慢慢數著，「四十二，四十三，四十四……」

最後一個對肌肉棒子發動攻擊的，是穿軍服的男子。

他沒有用毒，更沒有隱形，他大剌剌的站在數百名肌肉棒子前，右手往上平托。

然後，他笑了。

「出來吧，老朋友。」

只見他右掌掌心光芒不斷匯聚，長度也隨之拉長，最後凝固成一把帶柄的長刀。

長刀上，一條青龍張牙舞爪，模樣駭人。

「給我揮動吧！」男子單手舉起長刀，猛力往下一揮，「青龍，偃月刀。」

青龍偃月刀？這把從陽世到陰界都名聲響亮的刀。

軍服男子單手一揮，一道半圓形、宛如火焰般撕裂天空的猛烈刀氣，砍入了撲來的數十名肌肉棒子群。

這一秒，讓肌肉棒子的上身與下身，都同時分開。

這些經過鼠毒鍛鍊後的打手，竟然像是菜瓜般，輕易的被這一刀給切成兩半。

就在柏看得目瞪口呆之際，那軍服男子又再次單手揮刀，火焰刀氣橫掃而去，慘叫聲中，又多了數十個身軀分開的屍體。

「八十四，八十五，八十六……」軍服男子嘴裡默數著，順手以單手將刀柄倚在背上，這姿態宛如戰場上的絕世猛將，面對千萬敵軍，卻絲毫無懼。

「好厲害。」一旁的柏，看得是目瞪口呆。「這些人的實力，肯定還在龍池之上啊？」

「是啊。」阿歲雖然同樣驚訝，卻沒有失了冷靜，他伸手拉了拉柏。「但我們不能再看了，我們得快走囉。」

「快走？」看得正過癮的柏，一時間無法理解阿歲的意思。

「他們要殺掉所有的目擊者，你懂嗎？」阿歲苦笑，「而你有眼睛吧？」

「我當然有眼睛……」

「所以，我們也是『目擊者』啊！」

「對欸！」柏腳一退，「這場架不能打，我們真的該走了。」

只是在這一秒鐘，柏的眼神忍不住瞄向了地上的鼠窟大洞，剛剛那個長髮女孩呢？她現在應該已經進入洞穴中了吧？她的膽識過人，身邊又有高手護航，應該能從鼠窟中全身而退吧？

「快走，快走吧。」阿歲拉住柏的手，就要從肌肉棒子的後面溜掉。

但，下一秒，阿歲突然聽到一個笑聲。

「嘻嘻。」

然後他感覺到呼吸一窒，眼前一股夾著能量的勁風，迎面撲來。

「啊？」

這拳來得太突然，阿歲只來得及發出訝異的低喊，隨即，他的臉就凹了下去。

帶著濃濃鼻血和強烈的暈眩，阿歲往後仰倒，然後在地上拖出一條長長的痕跡，跌在地上。

能打出這樣神不知鬼不覺的一拳，肯定是剛才隱形的乞丐男孩啊！

「柏，你也太不夠義氣了，你明明能感覺風，也不提醒一下？」阿歲壓著鮮血不斷湧出的鼻子，苦著臉說。「讓我白挨了一拳。」

「阿歲，坦白說，」柏站在阿歲的前面，深呼吸，「我什麼都沒有感覺到。」

「什麼都沒有感覺到？」阿歲一愣。

「是。」柏凝視著眼前的虛空，剛剛的那一拳，他的的確確感覺不到。

曾經捕捉過龍池的怒氣、天姚的猛拳，曾幫柏躲過無數次生死交關，最引以為傲的「風感」能力，卻在這神秘高手面前，完全失效。

「快退！該死！我們得快退！」阿歲右手握拳，然後猛力朝前面的虛空，扔了過去。「真的該退了，我們肯定遇到怪物了。」

阿歲看似空無一物的右手，在最後一刻鬆開，然後一團猛烈旋轉的灰色氣團衝了出來。

「給我散開啊，寶貝蚊子們！」阿歲大吼。

灰團在下一秒整個擴大，轉化成恐怖的耳畔低鳴，那是最恐怖的吸血軍團，蚊子軍團。

「漂亮！」柏低聲讚嘆，以蚊子這種大規模掃蕩的方式，敵人再會躲藏都肯定會被逮到。

「是啊，」阿歲揉著鼻子，「混蛋，竟敢偷襲我一拳，看我用蚊子把你叮出來。」

蚊子在空氣中到處飛舞，化成一團殺氣凜冽的區域，只要一逮到那隱形的乞丐男孩，下一秒就會展開最致命的反撲。

只是……蚊子飛了半天，卻依然像是無頭蚊子，到處亂飛，就是沒叮到半個獵物。

「怎麼會，沒有？」阿歲張大嘴巴，「密度這麼高的蚊子群，也該撞到一下吧？」

就在下一秒，阿歲發現那股勁風又出現了，朝著自己鼻子，以完全一模一樣的路徑而來。

而阿歲驚恐之際，耳邊甚至聽到了那乞丐男孩的笑聲。「你不弱啊，吃了我一拳還可以施展技，所以這一拳，我多用了點力，可要撐住啊。」

多用了點力？

阿歲知道這些陰界高手的恐怖，所謂的多用點力，就是打壞一個垃圾桶或是摧毀一台汽車的差別，他同樣位置再吃一拳，肯定會當場陣亡啊。

但，阿歲無法可躲，他只能閉上眼，準備用自己的臉，接下這隱形的一拳。

卻也在此時，阿歲聽到柏的喊聲。

「右。」

右？阿歲彷彿聽到天籟，把頭急往右轉，拳頭的風，就這樣驚險的擦過阿歲的臉頰，留下一條細細的血線。

只是拳風擦過都有這樣的傷害力？那正面中招，豈不是……

拳風一過，那乞丐男孩的身形陡然出現，他露出詫異的表情，「你們兩個挺讓我訝異的啊，一個能吃下我一拳而不倒，一個又能看出我的行蹤？你們是誰？」

柏感到身體微微顫抖，那一瞬間，他捕捉到了乞丐男孩的拳頭，並不是因為柏真的解開了乞丐男孩的隱形之謎，而是他揮拳時，必須將拳頭轉化為實體，就是這比一秒還短的時間，讓柏有了風的感覺。

但柏感到興奮的，是他對風的敏銳度，又再度提升了。

而就在乞丐男孩現蹤的同時，一旁拿大刀的軍服男子發出了豪爽的笑聲。「這些年來你真的退步了，竟連兩個路人都解決不了？若要我幫忙，可得講一聲。」

「開玩笑，我只是還沒認真啦！」乞丐男孩扮了一個鬼臉，眼神卻已經認真起來，只見他往前一跳，整個人陡然消失在空中。

乞丐男孩再度隱形了，只剩下柏與阿歲兩人背靠著背，陷入不知敵人從何而來的恐怖氛圍中。

「柏，你的風應該可以再次捕捉到他吧？」阿歲低聲問。

「不一定。」柏搖頭。

「不一定？」

「我剛能掌握到他的行蹤，已經是突破自我極限了，如果他揮拳速度加快，我就算說出他的行蹤……」柏額頭冒出汗珠。「你也來不及躲了。」

「那……」阿歲的表情第一次變得驚恐，「你是說，我們會死在這嗎？」

「呼。」柏沒有回答，他越來越明白這乞丐男孩施展的戰術了。

「隱形」所代表的不只是一種無法防禦的攻擊，更重要的是，它能營造出一種令敵人恐懼的氣氛，宛如深夜叢林中驚心動魄的狼吟，一旦獵物失去了冷靜，恐怕很快就會成為掠食者嘴下的亡魂。

該怎麼辦？該怎麼辦？

柏的背貼在阿歲的背部，他可以感覺到阿歲的背，正不斷滲出汗水，受到恐怖氣氛壓迫的阿歲，讓他失去了冷靜。

「阿歲，聽好，我們只有一次機會。」柏低語。

「什麼機會？」

「只要我們猜中敵人攻擊的目標，加上我的風感能力，就有可能躲掉這一擊，」柏咬牙，「然後我們利用敵人失手驚慌的瞬間，反擊並逃走，這是最後的機會了。」

「反擊並逃走……」阿歲吸了一口氣，用力點頭，「只是，敵人會攻擊哪裡……」

「我覺得，敵人應該只會攻擊一個地方。」

「哪裡？」

「你真的失去冷靜了！」柏低語，「剛剛他受到了同伴的刺激，肯定會從先前失手的地方再下手啊！」

「失手的地方……」阿葳不禁伸手摸了摸自己的臉，「你是說鼻子嗎？」

「賓果，」柏笑了，「正是鼻子。」

「很討厭的地方，我這麼帥的臉，再被揍一次，陰界可就從此少了一名大帥哥啦！」阿葳雙手摀住鼻子，露出苦惱的表情。

「放心，回家有老闆娘的星穴治療，等等……」柏察覺到周圍的氣氛改變了。「敵人來了？！」

乞丐男孩來了。

從隱形的世界，帶著猛烈的殺意，來了。

「柏，注意拳頭方向！」阿葳咬牙，他屏氣凝神，「要來了！」

「我知道。」柏握拳，他緊盯著阿葳的前方。

乞丐男孩出招前，必須將拳頭實體化，這短暫到超乎想像的實體化瞬間，是柏與阿葳唯一且最後的機會了。

然後，乞丐男孩的拳頭出現了。

此時，若將時間推移減慢百倍，就會看到虛空中出現了一塊透明的白色肌膚，然後肌膚連出更多的手部構造，包括手指、手掌，最後則是一整顆拳頭。

拳頭擰得很緊，帶著略微旋轉的軌道，伴隨一股透明的白色旋風，朝著一個地方飛馳而去。

那個地方，就是阿歲的鼻子。

「阿歲！」柏眼睛大睜，他發現自己的風感在這個時刻，又再次突破極限了。「往左後方躲。」

左後方躲。

「好樣的。」阿歲大笑，轉動脖子，拚命往自己的左後方退，這個角度或時機，都是乞丐男孩拳頭的死角，只要躲入死角，再強的攻擊武器都只能徒呼奈何。

然後，阿歲的技已經灌滿了雙手，母蚊正在成形。

母蚊一現，公蚊將傾巢而出。

而且母蚊身懷毒血，若爆，更宛如一枚小型炸彈。

母蚊，才是阿歲這技的最後絕招。

現在只等一件事，就是乞丐男孩的拳勢衰竭，然後就是柏與阿歲全面反擊的時刻了。

但，就在這最關鍵的時刻……柏耳邊卻聽到了一個笑聲。

銀鈴般的女子笑聲，這是鈴的笑聲。

「太天真了。」女子笑聲一停，語氣轉為嚴峻。「你們以為當年黑幫十傑之一的『小鬼』，會這麼容易失手嗎？」

「小鬼，失手？」柏聽到鈴的笑聲，突然一股強烈的壞預感爬上了背脊，因為他赫然發現──勁風，原來不只一股。

從虛空來的風，原來還有一道。

那銳利如匕首的螺旋拳，原來還有一拳。

「中計了！」柏大吼，「阿歲快往後退！」

「什麼？」阿歲右手抓著母蚊，忽然懂了，拳頭還有一顆，而且目標已經換成自己的肚子。

「你以為我會攻擊鼻子嗎？笨。」小鬼冷笑，「我可是當年被喻為黑幫詭計最多的……小鬼難纏呢。」

這拳下去，肯定會一口氣搗爛阿歲的肚子，連帶整個五臟六腑都一起被絞碎，結果，絕對不比打中鼻子輕微啊！

「阿歲！」柏伸出手，用力大喊著，「快退！快退啊！」

阿歲，這個男人曾經把柏從黑暗巴別塔中發掘出來，教會了柏何謂「技」的奧妙；曾經帶柏到牛肉麵店，讓柏體驗吃著牛肉麵聽老闆娘吵架的溫暖；曾經帶柏到Pub，見到柏最思念的陽世女孩，小靜。

曾經，曾經，曾經，這些曾經讓柏如今能站在這裡。
所以，柏知道，他絕對不能讓阿歲死。
絕對不能死啊！
「啊啊啊啊啊啊啊啊啊啊啊啊！」這一秒鐘，柏發出了怒吼，全身的怒吼，然後右手握成手刀，往前劃了過去。
這一秒，時間彷彿靜止。
小鬼的拳頭正要旋入阿歲的肚子。
柏的手刀朝虛空劈去。
阿歲滿臉驚恐，手上的母蚊的翅膀停止了震動。
然後，鈴卻笑了。
「好久沒見到這招了，」鈴美麗的臉龐上綴著燦爛的淚光，「好懷念啊。」
下一秒，時間重新啟動，一切動作再度快速前進。
母蚊的翅膀再度快速震動。
柏的手刀已經揮到了底。
而小鬼呢？在整個戰局中擔任屠殺手的小鬼呢？
他不在原本的位置上？
小鬼整個人往後彈開，強大且令他措手不及的力量，甚至把他撞出了隱形的狀態。
「好傢伙。」小鬼退了數十公尺，才靠著膝蓋勉強煞住身形，而地上已經被他磨出一道正在冒煙的長線。「這招……」

然後小鬼伸出手，他發現自己剛剛負責第二拳的左手上，全部都是血。

難道剛剛那一招……

「敢小看我吼！」小鬼站起，這次他真的怒了，「我發誓，我一定要殺了你們……」

說完，小鬼在狂奔之間，身體已經快速消失，眼看就要再次進入隱形狀態，施展他真正的技。

但，小鬼才隱形到一半，卻突然被一隻大手拉住領子，往後扯去。

「混蛋，誰拉我？」小鬼怒斥，正要回頭，就看見了攔住他的元兇，竟是一把刀。

青龍偃月刀。

「小鬼，我來。」軍服男子渾身散發驚人的殺氣，這殺氣如同一座就要塌陷的雪壁，連天地都為之震盪。

「開玩笑，這是我的獵物，而且我剛只拿出兩成……」

「不，這是我的獵物。」軍服男子嚴肅的五官，竟透露出興奮與憤怒交雜的複雜神情。

「啊？」

「你沒認出來嗎？剛剛傷你那招，」軍服男子右手握刀，大步朝柏而去，「是『真空斬』啊。」

「真空斬？」小鬼一聽，整個人愣住，「真空斬，那是操縱風的極致，不就是……」

「是啊，沒想到會在這裡，一口氣碰到兩個老朋友啊！」只見軍服男子發出大吼，雙腳越奔越快，然後猛然跳起，右手的青龍偃月刀由上而下，以一股君臨天下的氣勢，朝著底下的柏，直接劈了下去。

而留在原地的小鬼則仍然愣著，「真空斬？這不就是破軍的絕招之一？」

眼前，青龍偃月刀由上而下劈來，這氣勢之強，頓時將底下的柏與阿歲完全鎖定。

兩人發現自己都不能動，完完全全的不能動。

敵人這招的氣勢太過駭人，四面八方全部被這招的威力所籠罩，不是不躲，而是根本無處可躲。

原來，還有這種招數。

真強，真他媽的強。

柏笑了，他不畏懼，卻覺得有點可惜。

可惜自己太早碰到這招，若自己有足夠的實力與之一戰，一定很好玩吧。

眼前，青龍偃月刀在空中化成一條完美的直線，朝著柏的腦門而來。

柏閉上了眼。

阿歲也閉上了眼。

然後，等待死神降臨。

但是，死神，沒有降臨。

因為一個聲音，在關鍵時刻，發出驚人尖叫，阻止了青龍偃月刀。

「住手！」那聲音的主人以優雅纖細的姿態盤旋，然後右手朝前一托，一條鮮紅的蟾蜍舌頓時射了出去。

蟾蜍舌頭帶著強烈毒性，在空中快速盤旋，然後繞上了青龍偃月刀。舌頭轉了兩圈，整個繃緊，硬是拉住猛劈的刀勢。

「蟾蜍母的舌頭？」軍服男子單手握刀，冷冷回問。「鈴，妳決意要出手？」

「是。」鈴雙手捧住蟾蜍母，不斷灌入驚人道行到蟾蜍母之中，以抵抗不斷想要掙脫的青龍偃月刀。

「妳該知道，妳不擅長肉搏戰，若真要阻我的刀，妳恐怕會死。」軍服男子冷笑，巨大的道行在青龍偃月刀上，化成致命的高溫，想要逼退蟾蜍之舌。

「我這麼做，是為了自己，也是為了你。」鈴雙手顫抖著，額頭滲出一滴香汗，就算逼近極限也勉力保持著美麗與優雅。

「為了我？」

「當年的黑幫十傑，誰都知道除了火星鬥王外，就屬天鉞星『獨飲』最為強。」鈴手顫抖的程度越來越大，「有人甚至說，破軍危險等級高達九，但獨飲卻敢和破軍一戰，而且雙方在三百招內不分高下，獨飲絕對稱得上是一代梟雄。」

「所以呢？」說起過去的豐功偉業，軍服男子臉上閃過一絲罕見的笑意。

「所以，如果有人知道，你現在動手殺一個……可能是破軍轉世的新魂，你覺得別人會怎麼講？」

「怎麼講？」

「因為獨飲怕了破軍轉世，所以趁破軍還沒找回道行時，就趁機殺了他。」鈴睜著大眼睛，看著眼前這個軍服男子。「獨飲怕了。」

「怕了？」軍服男子臉色陰沉。「我獨飲才不怕破軍。」

「所以你幹嘛殺他？」鈴的雙手顫抖著，手上的蟾蜍母幾乎要被青龍偃月刀給扯下。

「我殺他，是因為這傢伙做了對不起黑幫的事情。」軍服男子再度將青龍偃月刀下壓，

「鈴啊，妳說得很動人，但還不能說服我啊！」

「可惡。」鈴咬牙，正不知道該怎麼辦的時候，忽然，在刀底下的柏突然伸出手，一把握住青龍偃月刀。

要知道，青龍偃月刀正在和蟾蜍母鬥道行，兩大高手比拚道行，整把刀的溫度已被催到超過三百度。

柏這一握，手冒出濃煙，跟著被燙紅了。

「你……」鈴訝異的看著柏。

但柏的神色卻絲毫不改，只是與蟾蜍母的舌頭合力，將青龍偃月刀一點一點的往上推。

「獨飲，我想你就是天鉞星獨飲沒錯吧？」柏的手正不斷冒著煙，「我想和你打。」

「你想和我打？」穿著軍服的男子露出可笑的表情。「你以為自己可以接得住我一刀

嗎？」

「不是現在，但我很想和你打。」柏以另一隻手搥了搥自己的胸膛，「雖然我不知道怎麼回事，但我內心的一個聲音在不斷告訴我，我想和你打。」

「你內心的聲音……」軍服男子皺眉。

「是，一個巨大的聲音說，和你打很痛快，我想和你打。」柏注視著軍服男子的雙眼，絲毫無懼的注視著。

在這一剎那，軍服男子彷彿從柏的雙眼之中，看到了那個穿著紅色龍戰甲的戰場之鬼。

破軍。

他危險等級高達九，是風的最高操縱者，每一招都強猛絕倫，都足以讓千軍萬馬驚慌而逃，無論是黑幫或是政府，都萬分忌憚的怪物。

這樣的人物，竟然一直惦記著，與自己一戰後的痛快？

「所以呢？」柏右手已經快要整個燒焦，但他的雙眼仍透露著宛如破軍轉世的豪氣，「那聲音問你，你想和我打嗎？你敢嗎？」

「敢！他媽的當然敢！」軍服男子一吼，右手一收，巨大威猛的青龍偃月刀頓時被收到了背後。

而這一收手，包括鈴與柏，壓力頓輕。

鈴雙手不自覺的顫抖，她善使毒，卻不是肉搏型的高手，剛剛的僵持已經將她全身的道行耗掉大半，再不用一分鐘，她就會吐血重傷。

而柏也好不到哪裡去，夾在蟾蜍母與青龍偃月刀之間，他右手承受超高溫度的灼傷，已經整個焦黑。

青龍偃月刀一收，阿歲急忙奔過去，幾隻蚊子停在柏的手邊，透過蚊子的嘴巴，注入療傷藥物。

「柏，你剛太衝了啦，這隻手還要和小英打架的，可別弄壞了。」阿歲苦笑，「療傷藥物來自牛肉麵店老闆娘，應該能暫時鎮住傷勢，回去趕快給老闆娘急救一下。」

「嗯。」柏在阿歲攙扶下，正要離去，一個聲音卻跟著傳來。

「站住。」那個聲音帶著冷然的殺氣。「給我站住！」

「嘿，等一下，你們搞清楚，獨飲放過了你們，我小鬼沒說過你們可以走。」剛剛隱形的乞丐男孩，雙手抱胸，蹺腳擋在他們兩個面前。

「你……」阿歲咬牙，無奈停步，因為他知道自己絕對不是黑幫十傑中「小鬼難纏」的對手。

「鈴姊體力耗盡，暫時無法管我啦，」小鬼蹺著腳，「你們要走，得先過我這關，順便一提，我也很討厭破軍，超級討厭的。」

「哼。」柏冷哼一聲。

「那你心裡那個巨大聲音，有沒有和你說，怎麼對付我？」小鬼陰氣森森，「破軍兄。」

「有。」柏眼睛閉起，重傷之下，他已經幾乎昏迷，連自己講了什麼話都不太清楚了。

「有？」小鬼臉部肌肉抽筋了一下。「好，你說說看啊？」

「我心裡的聲音說，」柏口齒已經有些不清了，「你可以殺我。」

「哈哈，是嗎？」小鬼揉了揉拳頭，「原來是早就認輸啦？」

「是，你可以殺我……」柏慢慢抬起頭，散亂在額頭的髮絲下，是一雙和剛才同樣充滿霸氣，完全不像柏的野獸眼睛。「但有人會找你算帳。」

小鬼聽到這句話，頓時一愣。

「你說誰會找我算帳？」

「你自己知道。」柏語氣低沉，連聲音都已經不像是原本的柏，而像是某個深沉的巨人。「聲音說，你自己會知道。」

「屁，什麼我自己……」這一秒鐘，小鬼張大嘴巴，啞了。

因為他的確想到了，是的，如果他在這種狀況下殺了破軍，是誰會找他算帳了……

那人遠比鈴更可怕，甚至比獨飲還要強；更重要的是，如果是「她」，小鬼根本無法還手，甚至連想逃，都不願意逃……

因為小鬼自己這輩子，實在欠她太多太多了。

只有這個人，小鬼不願惹，更不願讓她傷心。

「哎啊。」小鬼閉上眼，嘆了一口氣。「輸了輸了，錯過這次殺你的機會，以後肯定沒有了啊。」

「……」柏沒有回話，因為重傷的他，已經陷入了完全昏迷。

「昏過去了啦。」小鬼起身，伸了一個懶腰，「現在該怎麼辦啊？獨飲、鈴。」

「現在不能怎麼辦啊，因為我聽到了好多腳步聲，正朝著我們這裡靠近哩。」鈴一撥秀髮，望向遠方。

此刻的鼠窟外，躺著四五百個肌肉棒子的屍體，這些屍體或被切成兩半，或被劇毒腐蝕，或被拳頭把頭顱打爆。

肌肉棒子已經被這三個怪物給清除乾淨了，但遠方，又有更多人正在聚攏。

而且這些腳步聲沉穩而規律，似乎來自一群有紀律且強大的隊伍。

「聽這聲音，應該是警察來了。」軍服男子將刀掛回了背上。「看樣子，他們也看到新聞，要來這裡圍捕武曲了。」

「貪狼管的警察，讓人討厭。」鈴搖頭，「我想，我們該走了。」

「但武曲的賭局怎麼辦？」小鬼看著那個黝黑的鼠窟入口。

「若她沒死，未來肯定碰得到。」軍服男子邁開大步，往前走去。

「這樣說也對。」小鬼點頭，也跟著要準備撤退。「現在政府勢力太大，我們留在這，未來會很麻煩。」

「那就走囉。」

最後離開的是鈴，走之前她還停下腳步，注視著已經陷入昏迷的柏，然後輕輕抓住柏的手臂。

「我很開心，真的是你。」鈴溫柔一笑，這抹微笑中，沒有天下第一毒女的邪氣，只有遇見情人的女孩溫柔，「雖然你的真空斬沒有當年一半威力，但已經很讓人感動了。」

鈴的微笑，可愛且溫柔，讓阿歲完全傻了眼，這女人雖美，但也未免太千變萬化了吧。

「然後，除了我，還有『人』一直在等你。」鈴輕聲說，輕輕放開了柏的手臂，「一定要去找牠。」

柏當然沒有辦法回話，倒是揹著柏的阿歲，露出疑惑的表情。

「嘻，」鈴轉頭看向阿歲，「你是他朋友吧，請你和他說，等他醒了，記得看看手臂上的東西。」

「手臂？」阿歲將目光移向剛剛鈴拍過的地方，那裡多了一個東西。

一條破舊的紅色絲帶，纏在柏的手臂上。

「這條絲帶會帶著破軍，找到最重要的夥伴。」鈴淡然一笑，「而破軍最後的記憶，就在那個夥伴上。」

「夥伴……」阿歲身體一抖，破軍的記憶？柏當真是破軍？當真是十四主星之一嗎？

「嘻，雖然那夥伴，其實並不是人啊……」鈴微笑，轉身就要走。

不是人？所以是陰獸？阿歲在這秒鐘嘴巴張大，與破軍有關連的陰獸，似乎就只有這麼一隻！

而且是超級可怕的一隻啊！

「易主時間就快到了。」鈴閉上眼，「英雄們都回來了，破軍、武曲、哥哥，嗯，有了你們，陰界真的就要熱鬧起來囉。」

「嗯。」

「那我該走了，你們也該走了。」鈴高挑纖細的身材，一晃眼就已在遠方，「被警察系統盯上，可不是好事。」

看著鈴美麗的背影，連阿歲都呆了幾秒，才急忙叫出群蚊。正當這些蚊子的腳抓住阿歲和柏的身體，就要往上拉之時，忽然，阿歲聽到了柏的嘴裡似乎喃喃唸著什麼……

阿歲側耳傾聽，他只聽到幾個片段、且不連續的詞句，是這樣說的：「我記得，巨大的聲音，妳，在那裡，終有一天，我們會實現，約定。」

「實現約定？這種把妹專用的語詞，肯定是和女生有約定。」阿歲使喚著蚊群，在嗡嗡聲中，他與柏的身體越來越高，越來越高……「看樣子，柏這小子不但有著不為人知的背景故事，而且還超級會把妹啊，除了小靜、那個妖豔的毒蟾蜍，現在還有一個啊？」

阿歲想到這，不禁搖了搖頭。

「如果這小子能把這項專長發揮出來就好了，這樣我們黑暗巴別塔就多了很多女粉絲，嗯，女粉絲的錢可是很好賺的哩。」

隨著阿歲的雙腳遠遠脫離了大地，他回頭一看，果然，鼠窟附近已經聚集了許多身穿藍色制服的陰界警察。

警察和僅存不到二十個肌肉棒子發生戰鬥，一對一是肌肉棒子佔優勢，但由於警察數目實在太多，加上警察針對團體戰訓練有素，不到幾分鐘，僅存的肌肉棒子就被肅清完畢。

「真可惜，剛才的肌肉棒子有四五百個，應該可以殺死不少警察吧？」阿歲嘆氣，隨即，他發現警察的隊伍開始轉變了。

警察們開始奔跑，站成了兩排，一個身穿藍色制服的男子現身，他是貪狼底下，掌握駐警系統的高手，冠帶。

冠帶走到了鼠窟入口之前，低頭凝視著腳邊這散發出濃烈危險氣息的大洞。

「這裡就是新聞報導中，那人最後消失的地方？」冠帶注視著底下的黑暗。

「是。」一旁的警察回答。「而且還有情報顯示，我們有三位低階同仁在這附近被殺了。」

「低階同仁？」冠帶蹲下，露出冷笑。「武曲，妳好樣的啊，回到陰界以後不但不低調，還引貓群、掀戰鬥，甚至連警察都敢殺，妳是活得不耐煩了嗎？」

「那請問冠帶長官，」一旁的警察問，「接下來我們該怎麼做？」

「等待。」

「等待？」一旁的警察露出詫異的表情，「可是獵物已經在洞內……」

「笨蛋。」冠帶瞪了那人一眼，「你可知道這洞穴下是什麼？」

「是……什麼？」

「這裡面全都是老鼠，而且是十二隻S級陰獸中微生鼠的地盤。」冠帶冷哼了一聲，「我們下去，一百個人都死不夠。」

「喔。」一旁的警察露出欽佩的表情，但隨即一個新的疑問浮上心頭，為什麼冠帶長官會知道這件事？知道洞中布滿老鼠就算了，為何連鼠王微生鼠都知道？

「所以調集駐警警力，把亂葬崗全面封鎖起來！」冠帶雙目露出凶光。「武曲如果運氣好，還出得了鼠窟，她就是我們的囊中之物啦！哈哈哈。」

冠帶狂笑著，不過一旁的警察卻只是陪笑兩聲，心中卻不禁有點感嘆：冠帶長官雖然身為警察四大系統「駐警」的首領，但膽子卻頗小，這種只能守株待兔的策略，實在太沒用了啊。

不過，警察們的一舉一動，事實上都沒有逃過正從天空中飛離的阿歲眼中，他更注意到警察們的外圍，又多了幾名記者，被警察擋住而無法進入，於是記者只能不斷拍下警察們的照片。

身為專業八卦者，阿歲已經能猜到這些沒辦法取得關鍵照片的記者，回去以後會做什麼事了。

他們會開始互通聲息，交換情報，然後自己掰出一篇報導。

報導中大概會擷取幾張少女混在貓群裡面的照片，然後為了充版面，肯定會開始列出表格，表格中是各種貓的等級。資深一點的記者，甚至會寫點十二大陰獸夜影虎的傳說，然後標題再下得聳動一點，像是……「美麗少女露點逗貓？」「人獸激情夜，不安寧的貓街？」

想到這，阿歲臉上露出一個奸詐的笑容。

「這時候，就會知道『技』的好用囉。」阿歲右手打開，十餘隻蚊子緩緩飛起。「各位老夥伴，出動吧。」

十數隻蚊子往下飛去，穿過不得其門而入的記者，穿過銅牆鐵壁般的駐警隊伍，最後一口氣到達黝黑的鼠窟，然後翅膀一振，嗡的一聲往下飛去。

「拍點有趣的照片回來吧，老夥伴們。」阿歲咯咯的笑著，「所有記者都拿不到照片，我的鼠窟照片，肯定就是獨家啦！」

隨著阿歲得意的笑聲，阿歲與柏兩人，已經漸漸飛離了亂葬崗，脫離了這個差點要他們命的鬼地方。

現在最重要的，是把柏給救醒，這小子雖然超有女人緣，但行事實在太莽撞了！竟然徒手抓住青龍偃月刀？竟然和小鬼下戰帖？完全忘記自己的身體是他的搖錢樹，不好好照顧不行啊。

蚊子越飛越高，朝著牛肉麵店緩緩前進著。

鼠窟外的戰役結束，那鼠窟內呢？琴等人的探險，是否才剛剛開始？

第五章・武曲

5.1 — 妞妞的白蛇

就在琴準備與微生鼠進行一場生死戰之際，這個城市，則慢慢開始騷動起來。會騷動，是因為有個人藉著蚊子攝影機，將貓群移動的現場，完整傳送到電視台。而電視台買下這畫面後，更以速報的方式，在各時段重複播放。由於收視率表現極佳，其他電視台便引用該電視台的畫面，於是一傳十，十傳百，這個貓群移動的事件，就如同不斷加溫的水，開始在城市的各個角落沸騰了起來。

在這些畫面中，陰魂們不只看到兇暴的貓群，也見到了以為早就絕種的白鬍貓，而且這美麗強壯的貓中之王，竟然不只一隻，而是整整三隻！

更重要的是，陰魂們還看到了貓群中的那幾個人，緊抓鐵鍋，互相依賴，互相堅持，同時也互相保護。

雖然速度太快，貓群不斷騷動，畫面沒辦法清楚拍出每個魂魄的模樣，但他們的精神卻深深烙印到了每個觀眾的心裡。

一個男孩為了救另一個女孩，化作麵團硬接下暹羅貓的一爪，因此重傷。

另一個拿著雙斧的男孩，以一敵二擋住了兩隻白鬍貓。

而另一個老先生精湛的菜刀刀法，最後雖然敗在日本短尾貓的貓爪下，卻引來另一個更強的男子。

隱約看來，那男子是光頭，戴墨鏡，但最讓人印象深刻的是，他優雅的捕捉了最後、也是最強的一隻白鬍貓。

這些畫面都在瞬間被記錄，然後透過電視播送，不斷重複在魂魄們的眼中，越是重複，那些魂魄竟然發現自己體內的血液，越是沸騰。

彷彿曾經存在，卻沉寂多時的熱血，終於開始流動了。

「那是誰啊？」魂魄們瞇起眼，可惜就是瞧不清楚畫面上那些硬漢的樣子。「好酷。」

「好像很好玩，陰界那些黑幫，這幾年只會為了搶一些爛寶物而打打殺殺，真是無聊透頂，很少見到這麼特別的戰鬥了。」魂魄們竊竊私語。「這些人到底是誰？」

「究竟是誰？」

「是誰呢？」

他們感到震撼。

彷彿這段長達二十餘年，被政府強勢壓迫的黑暗時光，射入了一道細微的曙光。

是誰回來了？

是哪一個足以和政府一戰的主星，回來了？

金色商圈，鼠窟深處。

群貓隨著那鍋美味撲鼻的魚湯，一起衝入鼠窟內。

盤根錯節，宛如地下迷宮的鼠窟，即將遭遇有史以來最大的衝擊。

因為，貓來了。

陰界中最尊貴的貓，來了。

跟著一起躍下鼠窟的，是琴、莫言、小才，以及負責領路的小女孩，妞妞。

砰的一聲，琴第一個落下，她感到雙腳傳來沉重的反饋力道，以及水花濺起的聲音，她落地了嗎？

琴剛落地，下意識的抬起頭看著上方的鼠窟入口，以她落下的時間推算，高度超過兩百公尺。

她慶幸自己是魂魄，若是肉體，雙腳肯定粉碎性骨折，然後直接躺進醫院去了吧？

然後，琴聽到了另外兩聲落地的聲音，這兩人的水聲都比自己小很多，但仍可略微分出輕重……

聲音較響的是小才，而幾乎沒有聲音的，則是莫言。

琴微微詫異，莫言身材高大，落地水聲卻如此的輕，彷彿一片落葉飄落水面，難道這也和道行有關嗎？

「水聲越輕，代表道行越高。」莫言的聲音，解開了琴的疑問。「因為越能控制自己的能量。」

「是嗎？那我還沒聽到妞妞的落水聲，我們再等一下。」琴歪著頭，她猜想妞妞的落水聲，肯定是三個人之中最大聲的吧！

但是……

只見妞妞從鼠窟牆壁上的一個小洞中，探出頭來，「大姊姊，別等我啦，其實我已經來囉！」

「咦？」琴訝異，「妳是什麼時候跳下來的，我怎麼完全聽不到聲音……」

「大姊姊，妳是說跳水的聲音嗎？」妞妞眼神閃過一絲狡猾，「我……沒跳啊。對這裡，我可是熟門熟路，繞幾條捷徑就能下來囉。」

「所以妳沒跳？所以沒聲音？」琴內心閃過一絲古怪。「是這樣嗎？」

「是啊。」妞妞笑著轉頭，邁開大步往鼠窟內部前進。「出發囉，要去探險囉。」

不過，就在琴困惑之際，莫言從旁走過，低聲講了一句話。

「有時候，得相信自己的耳朵。」

「相信自己的耳朵？」琴一愣，莫言講的這句話是什麼意思？如果她相信自己的耳朵，那不就表示妞妞下水的聲音，甚至比莫言還要輕？

她的道行，比危險等級高達六，擁有甲等星格，一擊就能逼退白鬍貓的莫言，還要高？

想到這裡，琴急忙一甩長髮，試圖甩掉縈繞在心頭的困惑，「振作！別想東想西的，戰鬥馬上就要開始了哩。」

戰鬥，馬上就要開始了。

「大姊姊，跟著我走。」妞妞果然是一個優秀的領路人，在一片幾乎無光的鼠窟中，她一會兒走水路，一會兒爬過腐敗的洞，一會兒又攀爬著樹根前進，沒有任何猶豫，但轉眼間就將眾人往下推進了上百公尺。

此時，琴只覺得自己彷彿進入了另一個次元的時空，黑暗、污濁、腐敗，充滿非現實世界的原始氣味。

不只如此，她更目睹了群鼠與群貓的慘烈戰果。

貓咪一開始只是追著魚湯而來，接著牠們發現自己遇到了生平的宿敵，老鼠。

於是，餓瘋的貓咪們，胃口大開了。

牠們撲擊老鼠，將老鼠生吞活剝，把老鼠群當成今晚的大餐。

只是，這裡畢竟不是普通的鼠窟，一開始四處逃竄的老鼠在微生鼠的領導下，開始整合戰力，與貓咪展開寸土寸金的血戰。

「雖然大多都是老鼠屍體，但也有貓咪的屍體欸。」琴看得不忍。「老鼠們好可怕。」

「微生鼠在此坐鎮，這鼠窟裡面應該也有A級的老鼠，」莫言嘆氣。「就算有三隻白鬍貓主導戰役，也未必會全勝喔。」

「這樣，我們把貓引來這，會不會太殘忍了？」琴輕聲說。

她看到一些貓咪的屍體後，眼眶微微紅了。

「陰界的貓與鼠原本就是死敵，妳現在不讓牠們碰頭，哪天牠們還是會打起來的。」莫言雙手插在口袋中。「妳沒有做錯，別自責了。」

「嗯。」琴低語。

走在潮濕的鼠窟中，忽然，前面的妞妞停下了腳步。

停下腳步的瞬間，琴揉了揉眼睛，她似乎看到妞妞的肩膀上，有一對紅色眼睛閃爍，那是一條白色小蛇的眼睛。

小蛇細如蚯蚓，在妞妞的肩膀一溜而過。

「大姊姊小心。」妞妞低聲提醒，「前面的洞穴，好像很危險。」

「前面的洞穴？」琴抬頭看去。

果然，前方有一個巨大黝黑的洞，洞裡面不時發出奇怪的動物呻吟聲。

而且琴更發現，他們走了將近二十分鐘，貓屍不過兩三具，但這洞口外，貓屍就疊上十幾具，可見洞裡面的危險。

「而且，這是通往樹根區的必經之路。」妞妞回頭，表情歉疚。「所以我們非走不可！」

「必經之路嗎？」琴吸了一口氣，強行壓抑住身體細微的顫抖。

她苦笑，以前當編輯的時候，每天編書寫文案，偶爾和作者聊天催稿，作者再可怕，不過就是威脅要把琴寫在恐怖故事裡面，然後將她切成七七四十九塊，哪需要面對這種如同熱帶雨林般，殺機四伏的危險？

「危險嗎？那我先走。」這時，拿著雙斧的小才展現帥氣，率先進入了洞口。

而他才踏入洞穴，手立刻往後一擺，比出一個要大家安靜的手勢。

「為什麼不能出聲？」琴納悶，但當琴一踏入洞穴，她立刻就懂了。

在這洞穴長達數公尺的頂端上，正倒吊著密密麻麻、長像酷似蝙蝠的老鼠。

「翅鼠。」莫言刻意壓低的聲音，從琴的後面傳來。「危險等級高達A，雖不算厲害的A級陰獸，也沒有屍鯊可怕，但若在小空間內遇到大量翅鼠圍攻，可是非常危險的。」

「在小空間內遇到大量翅鼠圍攻？」琴喃喃自語，「不就是現在嗎？」

「不過翅鼠有一個特性，牠們嗜睡成性，只要不發出聲音吵牠們，」莫言繼續提醒。「牠們幾乎不會主動攻擊嘿！」

聽到莫言說完，妞妞轉頭一笑。「莫言大哥哥，你懂好多喔，嘻。」

「我是神偷，偷過各種古物，對陰獸要有一定的認識嘿，因為古物上能量充沛，往往會有各種奇怪的陰獸聚集。」莫言冷嘿一聲，「倒是妳這個小女孩，這鼠窟不只複雜，更暗藏危險，妳能一路帶我們來這裡，才是懂太多了嘿！」

「嘿，我就說，我對這裡很熟啊。」妞妞說完，摸了摸肩膀。

順著妞妞手的動作，琴看見了，妞妞肩膀上那條小白蛇又出現了。

黑暗中，只隱約看見小白蛇身上反射著淺淺的銀光，還有那雙讓人膽戰心驚的細長紅眼，正閃爍著。

「是嗎？光靠對路熟，就能走到這裡？我怎麼覺得妳的走法像是有厲害的野獸，正在替妳引路？」

「莫言哥哥，你的想像力太豐富囉。」妞妞露出缺牙的笑，背後的白蛇再度吐出亮亮的蛇信。「果然會偷東西的高手，都要有很豐富的想像力啊！」

琴在一旁聽著妞妞與莫言的對話，她幾乎可以肯定，莫言看不到那條小白蛇，不然以莫言對陰獸的知識淵博，應該會說出那條蛇的來歷吧？

一條只有妞妞和自己才看得到的蛇，到底代表著什麼？

琴一邊在心裡想著，一邊小心翼翼的走在洞穴中，終於，這條可怕的翅鼠之路，已經到了尾聲。

「終於，」走在最前面的小才一路如履薄冰，眼見就快到洞穴的底端了，「要走完這洞穴啦。」

然後，小才的右腳踏出了洞穴，這一瞬間，他的身體卻僵住了。

因為他眼前數十公分處，有一條黑色的長鬍子。

「黑鬍子……」小才順著黑鬍往上看，終於，他看到了自己最不想看到的答案。

黑鬍，果然連到一張憤怒的貓臉上。

「喵吼！」這一剎那，黑鬍貓張開滿是鮮血的大嘴，朝著小才的腦門咬來。

距離實在太近，生與死實在太過危急，逼得小才深厚道行全力啟動，只見他身體微蹲，右手往後一抓，一把透明大斧立刻被他握在手上。

「去死。」小才大吼，然後大斧化成一股濃烈的灰色暴風，朝著大貓劈去。

貓嘴來得雖快，只是終究沒能快過這股凌厲的灰風。

灰風掃入貓嘴中，貓牙立刻碎作數十顆迎風飛行的白點，而且灰風繼續挺進，將整隻黑鬍貓的身體帶起，打向了洞穴頂端，轟然巨響之後，伴隨著細碎的石頭，貓屍才一起落下。

貓咪屍體一落地，小才喘了口氣，發現了一個奇怪的地方，這隻黑鬍貓明明只有被自己砍中嘴巴，但牠整個下半身卻都不見了？是不是剛被什麼野獸攻擊過？

「還好還好，只是一隻沒有下半身的黑鬍貓。」小才帥氣的單手轉了大斧一下，才順勢插回自己的背部。「我一下就搞定了。」

只是，當小才正得意的準備接受稱讚，卻發現，他背後的琴表情有些奇怪。

「幹嘛？」小才看著眾人。「琴姊，我的臨場反應不錯吧？」

「是不錯，但是，我很認真的問你。」琴睜著雙眼，看向小才。「你知道這裡是哪裡嗎？」

「這裡是……」小才歪著頭。

「這裡是，生平最怕吵，一吵起來就會群起圍攻魂魄的……」琴雙手握拳，「翅鼠的窩啊！」

「翅鼠的窩？」小才表情驟變。「對耶……」

「你既然知道，幹嘛還用那麼吵的招數啊！」琴大叫。

可是，現在阻止小才已經太慢了，細長洞穴上緣的翅鼠群，已經開始騷動。

因為，牠們最討厭的事情發生了。

有人，吵醒牠們了。

只是尚未脫離險境的還有三個人，分別是在前頭的琴、中間的妞妞，以及殿後的莫言。

「逃！」莫言的手跨過妞妞，按住了琴的背部。

「莫言……」

「智商最低的最危險，妳先走。」

「欸！」琴又好氣又感動，才想轉頭罵莫言，卻發現身體被莫言的巧勁一推之下，直直的飛過了一整個洞穴，然後一屁股跌坐在地上。

才一落地，琴急忙回頭，卻看見洞穴裡面，上百隻翅鼠一起落下，宛如駭人的黑色瀑布，朝著莫言和妞妞直衝而下！

「莫言，救妞妞！」琴焦急大喊。

「小事嘿。」洞穴中，莫言聲音依然爽朗，一手按住妞妞的背部。

但這一按，莫言卻發出一個咦的聲音。

只是翅鼠已經蜂擁而下，周圍都是雜亂的振翅聲，莫言接下來的話語早已無從辨別，但數秒後，翅鼠瀑布被突然撞開，妞妞也被推了出來。

妞妞從洞穴中驚險逃出，身上已經掛著幾隻翅鼠。

「看我的。」小才甩動小斧，俐落的斬下妞妞身上那幾隻翅鼠。

妞妞危機已解，尚未逃離險境的，卻是位在洞穴最中央的莫言。

他傲然立著，前後左右的退路都已經被瘋狂而憤怒的翅鼠給封住了。

翅鼠，這名列A級陰獸的怪物群，在牠們最拿手的獵殺環境中，包圍了牠們最後一個獵物，莫言。

「快走嘿。」莫言依然輕鬆的聲音，從一大片黑色翅膀中傳來。「老子斷後。」

這聲「老子斷後」剛過，那翅鼠的洞穴外，忽然出現了一個透明的塑膠袋。

塑膠袋像是一層透明的罩子，把所有的翅鼠封在洞內，也暫時解除了琴等人的危險。只見上百隻翅鼠不斷撕咬著塑膠袋，試圖衝破這道奇怪的防禦線。

但牠們衝不破，因為這可是莫言的技，收納袋。

「莫言！」琴急得大叫，「快出來！笨蛋！快出來！」

「快走。」小才見狀，急忙拉住琴，「琴姊，以妳現在的道行，被咬一口就很危險了。莫言的袋子雖厲害，但翅鼠可是A級陰獸，隨時可能破袋而出！」

琴被小才急忙拉走，一路上她仍不斷回頭，塑膠袋內，早就被一大片像黑色瀑布般的翅鼠給掩蓋，完全看不見莫言的身影了。

「笨蛋莫言，你不准給我掛啊！」最後，琴用力抹去眼角的淚，大聲喊著。「聽到沒有，你不准給我掛啊。」

「我說過，翅鼠愛吃沒腦的笨蛋，我可不是。」莫言最後的笑聲，仍能從翅鼠穴中傳出。

「笨蛋琴，妳還是擔心妳自己吧，哈哈。」

「你說自己不是笨蛋，」琴繼續往前跑著，嘴角卻忍不住揚起，「那你要證明給我看喔。」

你一定要活下去啊，莫言。

5.2 鯨魚般的老鼠

收納袋無法完全關住翅鼠，有少數翅鼠仍溜了出來，但眾人在妞妞神乎其技的帶路下，繞過幾個小彎，鑽過幾個小縫，能夠跟上的翅鼠已經剩下兩三隻，而這幾隻翅鼠當然不會是小才斧頭的對手，馬上被就地處決。

「終於逃出來了。」小才喘著氣。「都是那隻只剩下半身黑鬍貓啦，嚇我一大跳。」

「只剩下半身的黑鬍貓？」琴想到剛剛的場景，忽然心生警覺，「你說，貓的整個下半身都不見了？」

「是啊。」小才得意的揮舞著手上的斧頭，「像是被什麼東西咬了一大口，把下半身都咬掉了，所以才特別兇猛，幸好我的斧頭夠厲害、反應夠快，是該替自己的那招取個名字啦！」

「被什麼東西咬了一大口……」琴喃喃自語，倘若黑鬍貓真的是被咬的……那是不是代表鼠窟裡面還藏有怪物，而且尺寸應該很大……

「安啦，琴姊，」小才一旦開始戰鬥，就帶有一種樂觀過頭的瘋勁，「妳看這裡很安靜，沒有老鼠屍體，也沒有貓咪屍體，我相信這裡應該是鼠窟最安全的地方了啦！」

「鼠窟最安全的地方，噗哧。」這時，負責帶路的妞妞卻笑了出來。

「幹嘛？」

「整個鼠窟啊，」妞妞又再次摸了一下肩膀，琴又看到了那條美麗的小白蛇，這次怎麼好像連小蛇也在笑？「沒有一個地方是安全的喔。」

「是嗎？我才不信。」小才不以為然，但從他的表情來看，他肯定和莫言一樣，看不到這條白蛇。

琴越來越納悶，這條白蛇是什麼？為什麼除了妞妞和自己，誰都看不到呢？

「這裡會沒有屍體，還有一種可能……」

「什麼可能？」

「就是貓咪的屍體都被牠吃光了啊。」妞妞微笑。「因為牠的食量可是很大的。」

「牠？」琴聽到愣住。「妳說食量大的老鼠，是指……」

忽然，地板微微蠕動了一下。

小才蹲下身子，摸了摸地板，這裡沒有水，但地板摸起來的觸感卻異常的軟，軟到簡直像是動物的皮毛。

「鼠窟裡面還有一種超大的A級陰獸喔。」

「超大的老鼠？有多大？」地板又蠕動了一下，讓琴有一種非常不好的預感。

「大概是，我們三個人可以一起站在上面的那種大吧。」妞妞微笑。

「我們可以一起站在上面……」琴一愣，然後地板陡然一跳，沒錯，地板跳了。

而且這一跳，琴更看到了前面原本以為是岩石的東西，竟然慢慢的在轉動。

那不是岩石，而是頭顱。

有著尖尖的鼻子，長長的鼠鬚，還有一雙不帶任何感情，只有貪婪與飢餓的眼睛。

「所以，我們真的遇到了……」琴聽到喉嚨發出咕嚕一聲。「最大品種的老鼠？」

「是是是，就是牠沒錯，我們運氣真好，牠就是超罕見的……」妞妞憨笑。「鯨鼠！」

宛如鯨魚般的老鼠，故名鯨鼠啊。

轟轟轟的聲響中，如同巨岩般的鯨鼠頭轉了過來，然後張開了牠滿是獠牙的大嘴。

琴只感覺到一股有著濃濃口臭的風，吹得她的長髮飛揚，更吹得她腳步不穩。

「吼！」鯨鼠明明是老鼠，卻發出了連大地都會震動的怒吼。

「走。」小才一手拉住琴的手，一手拉住妞妞的手，然後三人同時躍下。

這一躍，也避開了鯨鼠巨大的鼠嘴。

「好大喔。」琴雙腳穩穩落地，自從掌握了雷電技之後，她已經越來越少摔倒了。「根本是一台陽世飛機的大小了。」

「難怪那隻黑鬍貓會只剩下半截身體，肯定是這傢伙咬的吧？」小才露出苦笑，緊握雙斧，擺出防禦姿態。

「牠這麼大，打起來肯定很辛苦。」琴轉頭問妞妞。「我們有辦法繞過牠嗎？」

「不可能。」妞妞搖頭，「牠的屁股剛好堵住了一個洞穴口，我們必須通過那個洞穴口，才能到下一個地方。」

「下一個地方是？」

「下一個地方，其實就是樹根的最深處了。」妞妞看著琴和小才兩人，「這是最後一個關卡了。」

「那我懂了，小傑應該就在那裡吧？」小才往前站了一步，雙手緊握大小雙斧，氣勢如同潮水般開始往外擴散。

「小才，你想要幹嘛？」琴伸手拉住小才。

「琴姊妳知道嗎？斧頭這種工具啊，基本上就是為了對付大傢伙而生的喔。」小才一邊說著，氣勢一邊不斷增強。「森林要砍大樹，靠的就是斧頭啊。」

「小才……」琴不禁揉了揉眼睛，她發現，此刻小才的背影好雄壯。那雄壯背影的周圍，更泛起一股如同火焰般的透明霸氣。

「這傢伙很大，我們一起對付……」

「琴姊，雖然這樣說很抱歉，」小才沒有回頭，隨著霸氣的提升，他的火焰越來越高，在琴的眼中，小才的背影竟然與鯨鼠同樣巨大了，「但對付這樣的怪物，妳派不上用場的。」

「小才……」

「我只有一個請託。」小才舉起雙斧，然後雙手揮動，雙斧在驚人的高速下，就要彼此撞擊。

「什麼請託？」

「把我的兄弟，給救出來吧！」小才大吼，雙斧也在這一剎那，撞在一起。

剎那間，白光燦爛四射，玻璃斧被融回到了原本的形態，銀砂。

美麗的銀砂快速流轉，在下一瞬間，就被小才的道行凝聚出另一個模樣。

還是斧。

但，這次是一把超級大斧。

只是這斧頭比原本大上數十倍有餘，其高度甚至是小才的十倍高。

「好大……」琴吞了一下口水，「的斧頭啊。」

「小才哥哥的技，應該是掌砂者。」一旁的妞妞也目不轉睛，自言自語。「原來他就是地空星？所以他也是黑幫十傑之一。只是，地空星不是已經……」

「妞妞妳說什麼，我聽不清楚……」琴聽得不清楚，回頭問道。「什麼黑幫十傑？」

「沒事，」妞妞又露出憨笑，「我只覺得小才哥哥超酷的。」

鯨鼠那雙血紅的眼睛骨碌碌的轉著，牠似乎也察覺到，這把超級大斧對自己的威脅。

「臭老鼠。」小才雙手掄起這驚人的超級大斧，高高躍起，放聲大吼。「給，我，讓，開。」

給我讓開啊啊啊。

大斧的刀鋒掃出一大片弧形白光，白光沿路劃過地下道的牆壁，牆壁立刻被削出一條巨大裂縫，巨大裂縫更直朝著鯨鼠而去。

鯨鼠急忙移動身軀，驚險的避開白光，白光劈入岩壁，竟挖出一條數公尺長的裂縫。

「吼！」鯨鼠驚怒之餘，對著小才發出駭人咆哮。

「兇我？看誰比較兇！」小才大吼，小小的雙手再度掄動巨斧，左一劈，右一斬，驚人道行透過巨斧，化成如大浪般的猛烈白光，一波接著一波襲向鯨鼠。

鯨鼠左躲右閃，終於被迫移動了身軀，這一移動，也讓牠屁股後面的洞窟入口，露了出來。

「洞口出現了！」妞妞大叫，拉起琴，開始狂奔。「我們走！」

「妞妞！」琴發現自己的身體幾乎被妞妞扯得要飛起來，她只能趁最後的機會回頭，正好看見，三道巨斧白光同時攻向鯨鼠。

鯨鼠雖然身材巨大，但畢竟是流著嚙齒類老鼠的血，牠左右穿梭，靠著敏捷的反射神經，避開了這三道弧形白光。

而且鯨鼠一個轉身，牠似乎發現自己守護已久的洞口，已經要被人給通過了。

通過的人，正是琴和妞妞。

鯨鼠的尾巴一甩，帶著鋪天蓋地的怒意，朝著琴與妞妞而來。

「要進去了。」妞妞拉著琴，雙腳一蹦，瞬間躍入。

琴則在進入洞穴之前，將雙掌放在唇邊，放聲大叫。

「小才，答應我，活下去！」

「這從來就不是問題啊！」小才大笑，一手掄著巨斧亂掃，再度把鯨鼠的尾巴給逼開。

「這件事情結束後，我們再去喝芋頭西米露。」琴大喊。「我請你！」

「哈哈哈，好。」

在小才大笑之間，在巨斧與鯨鼠纏鬥之間，琴的右腳跨上了洞穴。

吸了一口氣，然後躍入。

這一次，琴發現自己開始往下滑，像是溜滑梯一樣不斷的往下方的黑暗滑去。

告別了莫言，又告別了小才，在下方的黑暗中等待她的，是否就是最後一隻老鼠——

鼠中之王，微生鼠呢？

鼠窟內，琴躍入洞穴後，發現自己像是進入了黑暗版的水上樂園，正不斷的往下滑著。

滑行中，琴聽到了妞妞的聲音，從自己的背後傳來。

「大姊姊，過了這彎曲下滑的洞穴，我們就會到達樹根區了。」

「真的嗎？」琴鬆了一口氣，隨即又緊張起來，樹根區，不就是微生鼠的老巢了嗎？此刻的隊伍，失去了莫言和小才，還具備與微生鼠一戰的資格嗎？

「樹根區，據說藏著橄欖樹的真元。」黑暗中，琴的背後持續傳來妞妞的聲音。「聽說那是一種最高等級的食用油，任何食物只要加入這種油，所有的雜味都會被純化，提升到美食的最高境界。」

「喔。」琴心念一動，難道橄欖樹的真元，說的就是「聖·黃金炒飯」五項食材中的橄欖油嗎？

「不過，橄欖樹快要枯萎了，不知道那種油還剩下多少？」

「嗯。」琴感覺到自己心跳微微加速，「希望還有。」

「不過這塊土地的傳說，其實不只油……」

「不只油？」

「聽說，亂葬崗之下，還藏著一個秘密。」

「秘密……」

「而且……亂葬崗這塊土地，與這棵橄欖樹，都是為了守護這秘密而存在的喔。」妞妞的聲音中帶著笑意，「而這個秘密，只有秘密的主人才能解開它。」

「秘密的主人……」琴不知不覺伸手入懷，握住了那只風鈴。

風鈴微微發著熱。

它感應到什麼了嗎？

它和那個秘密之間，是否有著什麼沒有說出來的故事？

如果按照武曲五項食材的邏輯，第一項食材帶領琴找到師父，同時也找回了一開始技的基礎。

第二項食材，又會有什麼武曲想說的話呢？這些話又與亂葬崗的秘密，有什麼關連呢？

琴與妞妞就這樣一前一後的在水道上滑著，滑行的速度時快時慢，偶爾有不知道從哪射來的微光，可以看見滑行道兩旁出現的老鼠屍體，但貓咪的屍體倒是一具都看不見了。

這似乎表示能攻到這裡的貓，都是道行都夠高的老貓，普通老鼠群已經傷不到牠們了。這樣的滑行，對琴來說，倒也挺舒服的。

只是這滑行道真的好長，長到彷彿沒有盡頭。

忽然，在琴背後的妞妞開口了。「大姊姊，我可以問妳一個問題嗎？」

「問啊。」琴滑在前面，此時滑行的速度正在減慢。

「大姊姊我問這問題，妳不要笑我怪喔，假如世界要被毀滅了，只要妳殺一個人，世界就可以得救，妳會殺嗎？」

「那人很壞嗎？」琴問，「世界毀滅是他造成的嗎？」

「嗯，算壞，」妞妞的聲音遲疑了一下，「世界毀滅與他有關，而且啊……」

「而且什麼……」琴問。

「而且，他是妳深愛的人喔。」

「我的，愛人……」琴一愣，這一秒鐘，她對這問題竟然感到似曾相識。

她，是不是曾問過自己這個問題？而且問了十遍、百遍，甚至是千遍？

在那段自己曾是武曲的歲月裡？

「是，而且這人愛妳疼妳，對妳無怨無悔；而妳對他，亦如此。」妞妞語氣飄渺，彷彿懷念著過去的某個人。

「我愛他，一如他愛我？」琴閉著眼，順著滑梯不斷往下滑著，此刻，周圍只剩下嘩啦嘩啦的水聲。

就在琴陷入沉思恍惚之際，晦暗的地下水道牆壁上，竟隱隱浮現一道影子。這影子狀似長蛇，從妞妞小小的肩膀上升了起來，然後一點點蠕動，一點點的脹大著。

「大姊姊，妳的決定是？」妞妞再問。

蛇影不斷擴大，面積已經脹大到如同一台火車，而蛇頭就在琴的正上方，蛇信吞吐著。

「決定……」琴閉上眼，她可以感覺到胸口的銀色鈴鐺，正發出非常低頻的震動，彷彿它也在思考著，這個讓人無法決定的決定。

「妳會殺他對吧？」妞妞的聲音在此刻突然轉冷。「為了蒼生。」

這句話一出，蛇影的大嘴猛然張開，對準下方琴的頭顱，似乎只要答出某個答案，蛇嘴就會當場把琴的頭顱拔走。

「嗯，我知道自己的答案了。」

「什麼答案？」妞妞屏息，而那蛇影更是全身繃緊，宛如壓到極限的彈簧，等待爆發的瞬間。

「呼。」琴鬆一口氣，開口，「我不會殺他。」

「不會？」妞妞一呆，「那蒼生怎麼辦？」

「蒼生？當然也不能放棄啊。」琴微笑。

「妳不殺他，蒼生就滅絕！妳殺他，從此背負終生的痛！」妞妞的聲音大了起來。「是就是，不是就不是，哪有這種答案啊？」

「嗯，妳講的好像滿有道理的。」琴笑了。

「當然有道理！」妞妞的聲音越來越大，「因為這才是正常人的想法啊！」

「嘻嘻，正常人……？」琴側著頭，「妞妞，妳的語氣好像大人喔。」

「呃，大姊姊，有嗎？」妞妞語氣急忙轉柔，然後乾笑了幾聲。

「我不會殺他，更不打算犧牲蒼生，所以我會把一切告訴他，甚至努力改變他，然後我們會奮鬥到最後一刻。」琴語氣堅定。「假如我們真的相愛！」

「奮鬥到最後一刻，直到世界毀滅？」

「嗯。」

「所以妳打算交給命運？」

「不對。」琴笑。

「不對？」

「我打算人定勝天。」

人定勝天？這就是妳的決定？

這一剎那，妞妞安靜下來了，而始終追在琴身後，吞吐著蛇信，殺氣騰騰的蛇影，竟也慢慢的縮小，然後在妞妞的肩膀上，消失了。

就在此時，滑道越來越緩，越來越緩……然後停住。

「到了，呼。」琴起身，拍了拍屁股，順便伸了一個懶腰。「接下來該怎麼走？妞妞？」

「走進去，接下來應該是最後一個鼠穴了吧？」妞妞也滑到了底，她起身，走到前面十餘個洞穴前，挑了右邊數來第二個，就要準備爬入。

「嗯，大姊姊。」妞妞準備爬入洞穴之前，像是想起了什麼，停下身子，然後回頭。

「怎麼？」

「我覺得，也許可以期待妳。」妞妞表情雖然嘻笑，但眼神卻異常認真。

「可以期待我？」琴歪著頭。

「請答應我好嗎？大姊姊，」妞妞憨笑著，「如果有天我們要打架，無論結果如何，請記得妳現在說過的四個字，人定勝天。」

「妞妞？妳在說什麼啊？我們幹嘛要打架？」琴皺眉，這個妞妞行事越來越怪啦，難道是在亂葬崗待太久了嗎？可能需要晒晒陽光吧。

「沒事，」妞妞嬌小的身軀，一下子就鑽進了黑色洞穴中，「真的沒事。」

琴佇立在洞穴口數秒，她側著頭想了想妞妞的話語，終於確定自己無法理解這最後幾句話。

於是，她也跟著鑽進了黑色洞穴中。

然後，她與妞妞即將遇到的，是最後一隻老鼠。

是鼠窟中最強，也是唯一的鼠王，微生鼠。

5.3 微生鼠的勝利

鼠窟的最深處，琴跟著妞妞不斷摸黑挺進，越是挺進，琴越感到背脊發冷。一種強大的預感正告訴著她，是的，鼠窟之旅已經接近了尾聲。

微生鼠，就在不遠處了。

終於，琴走出了洞穴，眼前是一片寬闊的空間，這片空間中，竟然存在著淡淡柔和的光線。

在這柔和的光線下，琴看見了那消失的夥伴。

盤腿坐在黑刀前，閉目養神的，小傑。

「小傑！」琴一見小傑，失聲喊道，「太好了，你在這！」

只是琴才出聲，小傑眼睛一睜，就皺眉搖頭。

似乎在告訴琴，別動。

「為什麼……」琴不解，正要繼續往前走，又是一隻嫩嫩的小手，拉住了琴的左手。

這隻嫩手力道之強，竟如同鐵鑄鋼爪，剎那間就壓制了琴的行動能力。

「別動。」拉住琴的人，正是妞妞。「大姊姊，集中妳的道行到雙眼，看看妳的周圍。」

集中道行到雙眼？琴一愣，隨即將曾擊潰黑鬍貓的電能，集中到了眼睛，這一集中，琴頓時吸了一口涼氣。

因為，這片看似寬闊的空間中，每個角落都藏著一隻猛獸。

每一隻猛獸，都散發著足以將敵人撕裂成千百塊的殺氣。

而且，琴認得牠們。

牠們是白鬍貓。

神秘杏眼的暹羅貓、粗壯霸氣的緬因貓，還有優雅高尚的日本短尾貓。

三隻貓，全身的貓毛都豎起，挾帶著恐怖至極的殺氣，瞪向最後一個角落。

「那個角落……」琴慢慢的轉過頭，將視覺的道行拉高到極限。

終於，琴看清楚了角落的那隻生物。

那是一雙，琴永遠忘不了的細小眼睛。

是這雙眼睛，曾經率領群鼠，將自己視為食物。

是這雙眼睛，一口咬住暴走的陰界咖啡豆，注入毒液，讓陰界咖啡豆瞬間枯萎。

是這雙眼睛，打造了亂葬崗的鼠之帝國，讓魂魄們身處在痛苦與黑暗的世界。

「微，生，鼠？」琴感覺自己胸口的風鈴異常的燙，燙，好燙。

在滾燙的溫度中，更發出一種只有琴能感覺到的鳴動。

這鳴動，正和洞穴中的某個東西，發生共鳴。

他們在合唱。

風鈴和那個東西，正在合唱？

而那東西所唱的內容，彷彿在對著風鈴訴說著委屈。

「風鈴，妳遇到老朋友了嗎？」恍惚間，琴的手一掙，竟然就掙脫了妞妞的小手。鐵箍般的手，竟被琴輕易掙開，妞妞雖然訝異，但也沒有繼續抓住琴。

妞妞只是看著自己的手，然後喃喃自語。「剛剛那一抓，用了我四成力，甲等星也未必能掙脫……剛剛那是什麼力量？」

琴眼睛瞇起，繼續往前，她長髮微飄，步履秀氣中卻帶有威震八方的英雄之氣。

「琴姊，小心。」看見琴的異常，一旁守著黑刀的小傑忍不住出聲提醒，也就是這一聲提醒，讓琴突然清醒了一半。

「咦？」琴左顧右盼，同時，她赫然發現自己站的位置很危險，她竟然就站在貓與鼠的中心。

而且，就在這一剎那，所有的野獸都動了。

左方的暹羅發出尖銳貓吼，竄了出來；接著是右方角落，狂牛般的緬因；最後，則是踏著輕盈步伐，殺氣如冰刃般的日本短尾貓。

三隻白鬍貓，三隻貓街王者竟然同時出手，這只代表著一件事，牠們知道光靠自己一隻貓，絕對拿不下眼前這隻老鼠。

S級陰獸，微生鼠。

微生鼠也動了，那是琴曾經見過，扣著鼠鞍的老鼠，真正的微生鼠，就坐在鼠鞍上。

這隻扣著鼠鞍的鼠如閃電般快速移動，然後高高一躍，迎向了三隻暴衝而來的白鬍貓。

所有的人都仰起頭，看著四道影子在洞穴高空快速交錯。

一瞬，只是短暫的一瞬。

琴的眼眶頓時紅了。

因為，她看到了這場三貓一鼠對決的結果。

她不是沒想過，貓可能會輸，只是，沒想到的是……竟然會輸得這麼慘！

鼠窟的上方，那隻被小靜取命為「小虎」的貓，正穿過層層鼠洞，往樹根區靠近著。

一路上，牠發現了許多貓咪的屍體。

一遇到貓咪屍體，牠總會輕輕停步，然後用鼻子頂頂貓屍，奇妙的是，許多原本已經失去生命跡象的貓，都動了動爪子，似乎試圖要向這隻小貓說些什麼……

小虎輕輕的喵了一聲之後，這些貓又會倒下去，只是，原本因為激戰而猙獰的臉，會徹底放鬆，看起來像是在笑。

笑著離開這個陰界。

小虎繼續前進著，然後，牠看見了翅鼠洞穴。

那一瞬間，究竟發生了什麼事？

第一隻遭遇微生鼠的，是暹羅貓，曾經一擊將小耗打成重傷的豪爪，朝著微生鼠狠狠擊了下去。

沒有擊中。

而且，沒有擊中的代價極為慘烈，因為微生鼠不僅閃過了這一爪，還在電光石火之間躍上了貓爪。

貓爪不斷往下揮去，而微生鼠則不斷往上奔跑，一路上，更帶出一條清晰且淒厲的血痕。

血痕過，爪子更順著血痕往外裂，最後，在暹羅的哀吼聲中，貓爪就這樣裂成了兩半。

微生鼠跑過暹羅，暹羅的全身也幾乎裂成兩半，血痕開，鮮血狂噴，慘不忍睹。

而同時間，暹羅百年來的戰友，緬因貓怒了。

緬因貓全身貓毛倒豎，吼聲中挾帶如海浪般的道行，頓時轟得微生鼠的坐騎全身一頓。

這一頓，給了緬因貓絕佳的反擊機會，牠貓爪狂揮，立刻把這隻配著鼠鞍的坐騎，整個打爛。

只是，雖然打爛了坐騎，但緬因貓卻一點也高興不起來，因為就在這一刻，牠的身體如同暹羅貓般，出現了一條可怕的血痕。

「喵吼。」緬因長吼，吼聲久久不斷，直到牠身體裂成兩半為止。

緬因貓渾身是血的往下摔落，血痕的元兇——微生鼠則持續前進，這次，牠鎖定了來自後方的日本短尾貓。

日本短尾貓儀態優雅，道行卻是三貓中最高的，只見牠全神戒備，雙爪快速往前猛掏，快到肉眼無法捕捉的貓爪不斷揮動。

貓爪與微生鼠在空中交手，摩擦出一片宛如星空瀑布般的晶亮光芒，雙方纏鬥超過百招，微生鼠終於技高一籌，瞬間鑽過已然疲軟的爪雨，一口氣躍上了日本短尾貓的鼻頭。

這一秒鐘，日本短尾貓將雙眼對焦在自己的鼻頭上，鼻頭上是身體小到幾乎不可見的，微生鼠。

「吱吱。」

微生鼠發出勝利的笑聲，然後四爪邁進，爬過了短尾貓的頭顱。

也就在這一剎那，琴終於忍耐不住，閉上眼，別開了頭。

因為又是一大攤貓血，從天空落下。

三隻白鬍貓，道行超過三百年，因為琴的一個計畫，千里迢迢穿越街道，追著大鍋，如今一隻一隻命喪鼠窟。

這一秒，琴的眼淚爬滿了臉頰。

也是這一剎那，琴又聽到自己胸口的風鈴，響了起來。

「那東西」又在呼喚我了。

琴感到全身熱血沸騰，一個聲音不斷在腦海中徘徊。

微生鼠，我認得你。

琴全身道行湧現，而剛重創三隻白鬍貓的微生鼠，似乎也發現了底下這失控的琴。

「吱，吱，吱。」微生鼠自空中一個盤旋，如同一粒灰塵大小的牠，在空中一頓，然後就朝著琴俯衝而來。

一旁的妞妞聽到了老鼠叫，露出一個古怪的表情，似乎是聽懂了鼠語，只聽到妞妞自言自語道：「小老鼠，你認出她了?那你得快點，一旦她真正醒來，一百隻你都不是她的對手啊！」

灰塵般的點越飛越快，如同一枚暴怒俯衝的子彈，射向因為熱血而失控的琴。

牠要再創造一次恐怖的血痕，將琴整個撕裂。

琴此刻的道行，足以抵抗微生鼠的攻擊嗎?答案，當然是否定的。

隨著高速而來的微生鼠，琴甚至來不及抵抗，直到……一把黑刀從地上被猛力拔起，然後在空中劃出一個絕美的黑弧。

黑弧好美，而且銳利絕倫。

黑弧精準無比，在高速的微米世界裡面，其刀鋒剛好抵住微生鼠的脖子。

只要零點一微米，就會將這頭五百年老鼠的咽喉，整個切斷。

「吱！」微生鼠怒吼，一個驚險的低頭，張嘴一咬，咬住了黑弧。

這一咬，比牠大上百倍的黑弧，竟就此動彈不得。

黑弧一停，立刻現蹤，原來是黑刀。

小傑的黑刀。

「好。」小傑提氣，奮力拔出黑刀，並展開驚人刀法，看似瘋狂卻完美無缺的刀法。

一弧又一弧的刀法下，曾經在一瞬間秒殺三隻白鬍貓的微生鼠，竟然無法寸進。

而黑刀之主——小傑，則比誰都知道微生鼠的厲害，微生鼠之所以恐怖，不只是牠夠快、爪子夠利，重點是牠太小，實在太小了。

小，所以能輕易攻破敵人防禦。

小，所以變得難以捕捉。

小，所以高深莫測適於暗殺。

要擋住這麼小的突襲者，以現在的小傑能想到的，就是組成最完美的刀法防禦。

如果能滴水都不漏，就能擋住微生鼠。

「吱吱吱。」深陷黑弧刀陣的微生鼠，發出陣陣鼠叫。

「唉，微生鼠啊。」妞妞聽著鼠語，露出淺淺微笑。「你說，這是高手，可惜擋不住你嗎？」

說完，微生鼠突然轉變了攻勢，牠不再閃躲黑色刀鋒，轉而撲向刀面，用微小的身軀直接撞上刀面，力道之強竟讓小傑的黑刀一晃。

「將道行集中到全身嗎？」小傑感到雙手微微發麻，「要和黑刀硬拚了嗎？」

微生鼠再撲，這一撲，小傑的刀再晃，每一晃都讓完美的刀法出現了破綻；破綻越多，就越不成刀法，越不成刀法……就表示小傑已經開始敗退。

「吱吱！」微生鼠一聲長嘯，猛力撞上黑刀刀面，而小傑縱使雙手握刀，終究也無法把刀拉回正軌，啵的一聲，刀歪了，刀法也破了。

「可惡。」小傑重心一失，眼前只見那隻小到肉眼幾乎無法分辨的老鼠，跳到了自己的手上。

微觀的世界裡，這隻老鼠開始在小傑的肌膚上奔跑，牠踩過的每個毛細孔，都同時迸裂，血液如火山爆發般往上暴衝，一柱一柱的紅色血漿，構成了微生鼠行進的路線。

這路線，就是血痕，而小傑的這隻右手，也因為血痕殘了一半。

「吼。」小傑牙一咬，換成左手握刀，意志力強悍的他，向來是不戰到最後一刻從不言敗，就算犧牲自己的性命，他也要反擊這隻名震陰界的怪物。

只是微生鼠似乎不想繼續和小傑糾纏，用力一蹦，跳離了小傑的右手。

這一蹦，讓小傑逃過了一劫，但也將死神的鐮刀，再度轉回了另一個人身上。

琴。

琴仰頭，她再度目睹除了白鬍貓外，另一個令她不忍睜眼的戰役。

黑刀之主，小傑的敗北。

而造成這一切悲劇的始作俑者，微生鼠，已經來到了琴自己的面前。

「吱。」微生鼠尖叫，如灰塵般的身體在空中飛行，轉眼就要撲到琴的額頭。

微生鼠有自信，只要自己的爪子一落，這個道行最低、身手最弱的女子，肯定會橫屍當場。

「微生鼠，你果然還是擔心她啊。」妞妞微笑，這微笑間少了原本的天真，卻多了一分成熟韻味。「所以不顧一切，都要殺掉這女孩嗎？」

微生鼠發出尖銳的吱聲，四掌都冒出尖爪，全身道行能量無限提升，朝著琴的臉撲了過來。

只要碰一下，碰一下就能讓這微生鼠最顧忌的女孩，當場腦漿迸裂。

琴昂著頭，她聽到風鈴震盪，全身發熱，彷彿自己的靈魂正在怒吼著。

但怒吼歸怒吼，她卻少了控制身體的主導權，所以動作慢了一步。

鼠來了。

微小，但極致危險的鼠，來了。

琴想要移動自己的雙手，可惜無效，熱血正不斷沸騰的她，少了統合自身能力的關鍵。

鼠來了。

琴，來不及抵抗了。

此刻，很遠很遠的一個地方，一間叫做非觀點的飲料店門口。

一個童顏白髮、渾身豪氣，約莫六十餘歲的男人，正坐在一張非觀點的石桌旁，斟了一杯茶給對面的男人。

「我說，這晚陰界罕見的精采。」這童顏鶴髮的老男人笑，笑容中紅光滿面。「鼠虐、貓動，彷彿天空的運勢都隨著今天而轉動。」

「是啊，今晚挺不安靜的。」坐在老男人對面的是一個年紀約莫三十幾歲，面目有些猥瑣，唇邊還留著兩撮鬍子，看似窮酸書生的男人。「不過，這應該是您老早就預料到的吧？三釀老人。」

三釀老人？這個斟茶的男人，就是十四主星中的天梁星，擁有「木系操縱者」尊位的三釀老人？

假使這真是三釀老人，那石桌的另一頭又是誰？是誰夠格與三釀老人平起平坐，共飲熱茶？

「我早預料到？您在開玩笑吧，我又不是那瘋瘋癲癲的解神星。」三釀老人笑著搖頭，擺了擺手，「喝茶，喝茶，這茶是來自麝香狐狸的棲息地，海拔四千公尺，可是難得的珍品，我猜就算是你這個陰獸綱目的作者，也未曾喝過吧。」

陰獸綱目的作者？那不就是掌握政府核心的六王魂之一……

「麝香狐狸？B級陰獸，那是一種以茶維生的狐狸，茶葉通過牠的消化道，不但不會腐敗，還會增添各種水果的香氣，因為麝香狐狸的食物中也包含了各種極品水果。」窮酸書生瞄了一眼手中的茶，茶面透明中透著優雅的綠波，綠波蕩漾中有著濃郁但保持高雅的香氣，一看就知道是茶中極品。

然後，窮酸書生輕輕一飲，忍不住閉上眼，久久不說話。

「怎麼？」三釀老人問。

「好。」窮酸書生過了數秒，忽然，雙手一拍，大聲讚道。

「哈，這聲拍手，就是最大的肯定了。」三釀老人得意的笑著。「誰不知道，『天機星吳用』遇到真正的美食便會拍手，這可是很大的稱讚呢。」

天機星吳用？

這個窮酸書生，便是寫下陰獸綱目，天下第一神醫，更是政府中最強的六王魂之一，天機星吳用？

天梁星三釀老人與天機星吳用，兩大驚世高手為何湊在一起？

「哈哈，」吳用笑，「因為太好喝啦，忍不住就拍了一下手。不過說起拍手，生平讓我連拍兩次手的食物不多，嗯，天廚星的『不寂寞的湯』就是其中一樣。」

「連拍兩次？」三釀老人瞇起眼，「那是否有連拍三次的？」

「有。」吳用閉上眼，搖晃著腦袋，彷彿在回憶那令他感動至極的味道。

「什麼？」

「有，而且，那可是貴徒弟武曲的作品。」吳用又笑。「就是『聖·黃金炒飯』。」

「我有聽說，那真是一件瘋狂的作品。」三釀老人笑，「怎麼？想再吃一次？」

「呵呵，三釀老人你這是在試探我嗎？」吳用微笑，「我若想吃，不就等於同意讓武曲找回所有的記憶，那就是擺明了和政府作對；但我若不想吃……」

「不想吃會怎樣？」三釀老人一手端杯，眼睛射出晶亮殺氣，杯面的茶，更隨之波濤洶湧起來。

「不吃，表示我打算阻止你徒弟找回記憶。」吳用淡然一笑，面對三釀老人咄咄逼人的殺氣，他宛如一泓柔軟的水，無聲無息的吸納對方的威逼。「你會讓我離開這裡嗎？」

「開玩笑，六王魂天機星要走，誰攔得住你？」三釀老人一笑，眼中殺氣頓收，再度回到慈祥眼神。

「當然可以，我知道你危險等級雖然只有八，但手握風與雷的能力，百年來深藏不露，實力絕對不止於此，不過話說回來……」吳用微笑，「我們兩個老友也認識有好幾百年了，何必為了這點小事吵架呢？」

「是啊，說些不愉快的事，只會打擾我們兩個老友喝茶的雅興。」三釀老人一笑，「來，來，喝茶，這麝香狐狸茶得來不易，那是我的老友小天向專門的美食獵人購買的喔。」

「的確是好茶。」吳用抬起頭，微笑。「說到食物，都忘了剛才聊天的話題，剛剛聊到什麼？今晚還真不平靜啊。」

「是啊，一個很熱鬧的晚上。」

「而且恐怕不只是鼠虐、貓動而已喔。」吳用調皮一笑。

「喔？」

「鐵棺震，孤女回，殺雲密布，百死求一生。」吳用閉著眼睛，搖頭晃腦，「看來今晚，還有另外一個和你有關的人，快要醒囉。」

「另外一個人……」三釀老人喝著茶，沉默了半晌，才輕嘆。「他啊，不過是一個讓我失望透頂的孽徒而已啊。」

鐵棺震，孤女回，殺雲密布，百死求一生。

另一個故事的主角呢？他為何是三釀老人口中的孽徒？他現在遭遇又如何？

第六章・破軍

6.1 一發狂的鐵棺

寂靜的夜空中，一陣嗡嗡嗡高速飛過，仔細看去，竟是一團蚊子。

蚊子群中，包裹著兩個男人，一個重傷昏迷，一個則滿臉擔憂。

重傷昏迷的是柏，而另外一個滿臉擔憂的，自然就是經紀人，阿歲了。

終於，蚊子落地，立刻轟然一聲散開，阿歲則抱著柏從蚊群中衝了出來，三步併作兩步，朝著牛肉麵店衝去。

「幹嘛大呼小叫的？」老闆娘皺眉從房內走出，一見到柏的樣子，立刻瞪著阿歲。「柏怎麼了？阿歲！柏好好的跟你出去，你卻把人家弄得重傷昏迷回來，你到底做了什麼事？」

「做了什麼事？」阿歲搔了搔頭，「一開始只是想拍幾張照片……」

「拍幾張照片？你又去偷八卦新聞了？」老闆娘的手指戳著阿歲的胸膛，「你真的學不乖欸，而且你自己涉險就算了，幹嘛拖累柏啊！」

「這個……」阿歲又抓抓頭，滿臉苦笑，「然後，我遇到了傳說中的黑幫十傑。」

「黑幫十傑？」老闆娘把柏放在地上，聽到阿歲這麼說，動作頓時停住。「你遇到他們了？」

「是啊，而且我還不只遇到一個哩。」

「不只一個？」

「我遇到了三個……」阿歲輕嘆了一口氣，「沒想到，過了二十幾年，他們竟然沒被政府剿滅殆盡啊。」

「他們為何回來？」老闆娘嘆了一口氣，雙眼凝神，此刻柏的身體在她的眼中，就像是一張X光片，點點的星穴，正在浮現。

「因為一個女人。」

「女人？」老闆娘皺眉，她伸出單手，探索著柏的星穴。「一個女人哪有這麼大的魅力？」

「很難講，如果那女人剛好是十四主星……」

「難道是……」聽到這，老闆娘身體顫動了一下。「十字幫幫主……武曲？」

「我猜，就是她。」

「二十幾年啦。」老闆娘幽幽的嘆氣。「陰界的黑幫們成也武曲，敗也武曲，如今她又回來，是否代表新的時代又要來臨了？」

「也許。」阿歲仰望天空，此刻，他與老闆娘都沉默了，但他們的眼神中都透露出一絲奇妙的懷念。

懷念著那黑幫足以與政府抗衡，充滿活力的年代。

忽然，老闆娘看著柏的身體，發出咦的一聲。

「怎麼了？」

「柏的星穴……」

「他的星穴怎麼了？別告訴我，他被打殘了，以後不能再上巴別塔賺錢了？」阿歲哇哇大叫。「慘了慘了，他好不容易有點人氣了。」

「你認真點，別老是想著錢好不好？」老闆娘瞪了阿歲一眼。「我要說的是，這小子的星穴，竟然位置不同了？」

「位置不同？」阿歲詫異。「魂魄星穴的位置怎麼可能改變？」

「是的，你第一次帶他來的時候，我的確看過他的星穴，當時他的星穴排列雖然有規則，但還算普通。」老闆娘眼睛瞇起，注視著柏體內的星穴，彷彿正欣賞著一幅奇異的美術作品。

「沒想到，他的星穴圖騰竟然會自己改變？」

「怎麼個改變法？」

「所有的星穴都像是被中心的星穴吸引似的，朝著同一個地方集中，再這樣下去……」

老闆娘吐了一口氣，「恐怕會出現單星穴的現象啊！」

「單星穴？」阿歲完全不懂，只能眨了眨眼睛，「這樣很厲害嗎？」

「笨蛋！當然厲害！星穴完全集中，強度也跟著增加百倍，到時候星穴不但不會變成弱點，還可能成為全身最強的位置。」老闆娘眼神中閃爍著奇異的光芒。「海納百川，化最弱為最強，在我記憶中，也只見過那麼一個人……」

「哪一個？」

老闆娘吸了一口氣，彷彿用了很多力氣，才講出這兩個字。

「岳，老。」

「天相星，岳老？」阿歲喉嚨咕嚕了一聲，「就是造成妳封針的那次……」

「是，就是這人，擁有單一星穴，而且星穴的輝度之強，炙熱如太陽，讓我永難忘懷。」老闆娘嘆息，「只是，當我以為單星穴已經是強者的頂端時，我又遇到了一個人。」

「遇到一個人，是誰？」

「我不認得他。」老闆娘閉上眼，「封針那晚，我逃到風雨飄搖的旅店裡，那個戴著斗笠、低調且神秘的男人，他身上……沒有星穴！」

「沒有，星穴？」阿歲吸了一口涼氣。

「沒有星穴，不僅沒有弱點，更沒有最強點，這樣的人已經進入了無的狀態，我敢肯定……」老闆娘用力吸了一口氣。「此人的道行還在岳老之上！」

「還在岳老之上？陰界中，危險等級九的有四個，天相、破軍、七殺，以及……武曲，但只有一人擁有等級十的尊位。」阿歲喃喃自語，「那人是僧幫之首，已經多年不管事的……太陽星，地藏啊！」

「是，我也懷疑當年自己遇到的是地藏。」老闆娘嘆息，「只是從此之後，我再也沒見過擁有『無星穴』或『單星穴』的人物了。」

「是嗎？那妳剛剛說，柏這小子的星穴正在集中……」

「是，這小子的星穴正朝著同一個位置靠攏，再這樣下去，恐怕真會給他形成單星穴。」老闆娘注視著躺在地上的柏，「阿歲啊，也許你救下的這男孩，不是貓或狗，而是一頭猛虎啊。」

「猛虎嗎？」阿歲低下頭，忽然笑了。「這樣表示，躲避多年的我們，也終於被捲入易主的洪流之中了嗎？」

「逃不掉啊。」老闆娘輕聲說，「該來的，還是逃不掉啊。」

「那妳能救他嗎……」阿歲看著老闆娘。「我知道妳不肯出手救治的理由，因為只要妳啟動星穴到一定的程度，體內被種下的符咒就會啟動，『他們』也就會找到妳。」

「嗯，這個問題已經不是問題了……」老闆娘注視著躺在地上的柏，淡淡一笑。

「不是問題了？」

「因為你最看重的小子，他已經正在痊癒了。」

「啊？」阿歲一愣，「正在痊癒……？」

「是啊，」老闆娘露出笑容，「他身上有個護身符，已經在治療他了。」

「護身符……」阿歲定神一看，柏的手臂上正泛著奇異的紅光。

紅光中，是一條看似破舊的絲帶，輕輕抖動著。

「這絲帶……」阿歲想起來了，「是鈴綁在柏手上的？」

「是，而且還是一件能量充沛的寶物。看樣子，這條破舊的絲帶應該曾經綁在某種神兵之上吧？」老闆娘點頭，「有了這寶物，加上柏自己的星穴移動，根本不用老娘出手，這傢伙就會平安過關了。」

「是嗎?不用妳出手嗎，好強運的傢伙。」阿歲發出嘖嘖的讚嘆聲。「一路上履險如夷啊。」

「如果，他真的是破軍，將來也是要爭霸天下的人。」老闆娘一笑，「或許，我們都是被他吸引而聚集過來的呢。」

「真的嗎?」阿歲哼的一聲，「那……女鬼卒和忍耐人不會也是吧?」

「也許喔。對了，我剛剛已經知道女鬼卒的名字了。」老闆娘說著，「以後我們別老是叫她女鬼卒，改叫小曦吧。」

「小曦……」阿歲點頭。「這樣說也是，既然妳都傳授她星穴了，老是叫鬼卒實在太見外了。」

「說到這，既然柏已經沒事，我也該去看一下，」老闆娘說完，就要起身朝房內走去，「小曦對忍耐人的鐵棺，治療的狀況怎麼樣了?」

「嗯……」只是阿歲正要說話，忽然，房門內發出一聲淒厲的尖叫，這聲音一聽就知道是身為鬼卒的小曦所發出來的。

「糟糕，出事!」老闆娘和阿歲互望了一眼，同時轉身，奔向房間。

只是他們還沒奔到房內，眼前的房門就由內往外炸開，一瞬間，老闆娘和阿歲只看到蓋滿視線的一大片高速木屑。

木屑又密又多，宛如一叢危險至極的散彈槍，逼得兩人同時啟動了道行，在道行護體下，硬是彈開飛射而來的散彈。

「什麼東西……」阿歲才說完這句話，一個比炸門更可怕的危險已然逼近。

那就是鐵棺。

鐵棺挾著驚人威勢，從漫天飛舞的木屑中陡然衝出。

「該死！一蚊指啊！」

鐵棺直逼阿歲而來，情勢岌岌可危，逼得他終於拿出實力，雙手食指戳出，絕招「一蚊指」不斷往前急點，數十條道行化成鋒利的長刃，在短距離內轟向高速而來的鐵棺。

數十條氣勁如同長刃，不斷轟擊鐵棺，衝撞出美麗但驚險的火花，千鈞一髮，將鐵棺逼開了二十公分，這二十公分，剛好就是阿歲逃生的關鍵距離。

只是就在鐵棺被逼開，而阿歲狼狽的跌倒閃開之際，鐵棺往地上一撞，然後猛一反彈，就像一條彈塗魚躍起，一口氣撞破天花板，消失在屋外了！

鐵棺來得快，走得更急，殘破的屋內，只留下驚魂未定的阿歲與老闆娘。

「沒事吧?」阿歲一抹額頭汗水，「幸好我剛那招一蚊指帥氣一如往昔，擋住了鐵棺……」

「我們快追！」老闆娘不理阿歲的吹噓，急急往外追去。

「幹嘛……」

「你傻了嗎，剛剛的鐵棺上頭黏著小曦，小曦為了治療忍耐人，靈氣與鐵棺相連，一分開就會斷脈而亡，」老闆娘的聲音又驚又急，「鐵棺暴走，怎麼能不急？」

「我們得快追……」老闆娘往前奔了幾步，忽然停步，瞪著阿歲。

「幹嘛瞪我？」阿歲愣愣的回看老闆娘。

「還不趕快把你的蚊子叫出來，我們要用飛的，才追得上那鐵棺啦！」老闆娘跺腳。

「喔喔……是！」阿歲急忙喚出蚊群，下一秒，他突然想到一個問題。「那柏呢？這小子該怎麼辦？」

「他身受重傷……」老闆娘注視著躺在地上的柏，當機立斷。「我們帶他一起過去。」

「啊？他幫不上忙的。」阿歲訝異。

「你不是說過，柏的運勢正強嗎？連被黑幫十傑圍攻都可以全身而退，」老闆娘表情肯定，「帶著他，也許會有幫助。」

「是嗎……」阿歲看了柏一眼，嘆口氣，把他揹到了肩上。「幸好魂魄沒啥重量，就當我是一台免費計程車吧。」

「別囉唆啦！我們快追吧！」老闆娘拍了阿歲的後腦杓一下。

「是是是。」

嗡的一聲，蚊群聚集，化成兩道透明的羽翼，帶著阿歲與老闆娘飛上了天際，他們的目的只有一個，那就是「攔下鐵棺，在它釀成大禍之前」。

只是，這兩人不懂的是，鐵棺怎麼會突然暴走？難道，它是感應到了什麼嗎？

群蚊緊追著鐵棺，在高空中飛行著，看著鐵棺如同一台瘋狂的坦克車，見屋拆屋，見路破路，在城市中留下一條蜿蜒的破壞之路。

「這鐵棺，究竟要去哪？」老闆娘瞇著眼睛，瞧著地面上的破壞之路。「而且，就在剛才短暫的交手中，我聽到鐵棺在不斷的唸著：『她來了！她來了！』」

「她來了，她來了……」阿歲歪著頭。「啊！」

「你想到什麼了嗎？」

「忍耐人與柏一戰之前，我曾經調查過他的資料，加上我曾經聽小曦對柏說過……其實忍耐人在陽世，有一個未婚妻。」

「未婚妻？」聽到這，老闆娘不禁一愣。

「是的，而且忍耐人與他的未婚妻感情很好，忍耐人死掉之後，未婚妻曾經自殺一次，雖然自殺未遂，卻因此陷入重度昏迷，距離我們陰界只剩一步之遙。」阿歲說。

「距離陰界只剩一步之遙……」老闆娘沉吟，「但自殺而死的魂魄，理論上魂魄尚未成形，是早產……」

「是，是早產，這也是忍耐人加入黑暗巴別塔的原因，他想要存錢買下能量強大的寶物，來拯救未婚妻的魂魄。」

「是嗎？」老闆娘聽到這，不禁深深嘆了一口氣。「好笨，好癡情。」

「笨？癡情？妳是說忍耐人嗎？我也覺得他很笨，如果是我，去夜市擺攤雖然慢，但至少比巴別塔安全……」阿歲用力點頭。「真難得我們有共識。」

「誰和你有共識？」老闆娘瞪了阿歲一眼，「我的笨與癡情，指的是另外一個人。」

「是誰？」

「小曦。」

「啊？」阿歲一愣。「女鬼卒，為什麼？」

「因為那三天以來，她不斷被我擊倒，又不斷站起來，後來更冒著生命危險，以自己的星穴和忍耐人相連。」老闆娘凝視地面上鐵棺撞出來的痕跡。「表面看起來她任性得要命，事實上，她早就知道忍耐人終究只是為了另一個女人。這樣不是笨？這樣不是癡情？又是什麼？」

「嗯……」

「阿歲，所以我們一定要趕上。」

「趕上……？」

「趕在鐵棺出事之前，把小曦救下來。」老闆娘咬著牙，眼眶含淚。「在陰界，這麼笨的女孩越來越少了，我們一定要把她救下來。」

而就在此刻，老闆娘突然感到自己的手心一陣暖，抬起頭，在她面前的，是阿歲堅定但帶著笑意的眼神。

「幹嘛這麼肉麻？」老闆娘沒有掙脫阿歲的手，臉反而紅了。

「好久囉。」阿歲微笑，「距離妳上次如此堅定，好像是二十幾年前了，那個黑幫還能與政府一戰的年代。」

「呵。」老闆娘笑了，「你是說，那個我還叫周娘的時代嗎？」

周娘周娘，老闆娘果然是被喻為陰界第二神醫的息神星，周娘。

「是啊，那年代好熱鬧、好刺激。」阿歲閉上眼，「不像現在，當十字幫崩盤後，道幫變質，僧幫則專攻自己的咒文研發，與政治完全切割，於是政府開始大力掃蕩有星格的我們，深怕我們有朝一日展開反撲。」

「說起來，這二十幾年來不斷躲藏的日子，當真很無趣呢。」老闆娘淡然一笑。

「全拜柏這小子之賜，好像又開始變好玩了。」阿歲拍了拍肩膀上的柏，「不過，這樣真的好嗎？」

「嗯？」

「當年妳因為那件事而封針，一旦重新啟動星穴，『他們』恐怕會再找上妳。」阿歲嘆氣。

「呵呵，我一個女人都不怕，難道你怕？」老闆娘歪著頭。

「我當然不怕，」阿歲抬頭挺胸，做出勇敢的姿勢，「我可是挑戰過火星鬥王，擁有超級一蚊指的阿歲……」

「呵，別臭屁啦，易主時代快來了。」老闆娘遙望著這座城市，黑夜中閃爍著點點燈火。

「我們這些有星格的老骨頭，也要開始動一動了。」

「是啊，」阿歲吸了一口氣，手握得更緊了，「也許世代交替就要開始了。」

而在他們手牽手的同時，一直在阿歲肩膀上的柏微微動了一下，彷彿感受到了什麼，但依然沒醒。

在空無一人的城市高空中，一隻由技生成的蚊子，正在振翅飛翔著。

只是，三人沉默之際，在前方不遠處的鐵棺，已經到達了目的地。

那是一座醫院。

黑夜中，這座純白色的醫院巨塔，彷彿一盞幽冥燈火，正等待每隻瘋狂的蛾，義無反顧的朝自己撲來。

另一頭，鐵棺上。

「醫院？忍耐人你的目的，果然是要來找未婚妻嗎？」小曦正注視底下的醫院。「陽世有八成的魂魄會從醫院轉生到陰界，你是感應到未婚妻即將出世嗎？」

小曦伏在鐵棺上，隨著鐵棺越衝越快，極速的風壓下，小曦可以感覺到，醫院正急速放大……

而醫院外頭，許多正在漫步的魂魄察覺到情況有異，紛紛露出詫異的眼神，看著從天空飛來的鐵棺。
醫院放大，放大……
盤據在醫院牆壁上的陰獸，也嗅到了危險氣氛，轉頭看往鐵棺的方向。
醫院放大，放大，放大……
「要撞上啦！」小曦咬牙，準備承受接下來的撞擊。
然後，醫院停止放大，因為它已經佔滿了小曦的全部視線。
接著，轟然炸開！
鐵棺，就這樣衝入醫院大門，把陰界建築的陰界門，撞得石屑紛飛，硬是頂了進去。
鐵棺，終於停止。
小曦緩緩睜開眼睛，從鐵棺上慢慢爬起，這一秒，一幕驚悚的畫面躍入她的眼簾。
因為鐵棺周圍，有越來越多的魂魄，拿著各式各樣的兇器，正在緩緩靠近。
而遠處，各種奇形怪狀的陰獸們開始咆哮，也踩著重重的腳步，朝此處湧了過來。
見到這幅景象，小曦用力吸了一口氣，俯身對鐵棺低語：「忍耐人，你聽得到我說話嗎？」
「……」棺中無聲，但隨著掌心靈波的細微改變，小曦知道，此刻她與忍耐人的心意是相通的。
「這裡若有你想找的東西，」小曦低語，如此危急的情況下，聲音卻給人一種奇異的穩定與溫暖。「請你帶我去，當我數到三，就一口氣往旁邊……」

靈波擾動，忍耐人懂了。

「一，」

鐵棺微微動了。

「二，」

魂魄們嘶吼著，手抓著武器，然後一鼓作氣衝了過來。

「三！」

鐵棺陡然上升，一個完美的三百六十度迴轉，砰砰砰砰砰，一整面的魂魄全部都被掃倒，有的更滾了好幾圈，背脊撞入了牆壁。

「我們走，」小曦低吼，「走啊！」

然後鐵棺開始往前疾衝，先是撞飛了數十名魂魄，然後撞塌了一面又一面的牆，在不斷追來的魂魄中，繼續往前挺進。

而小曦趴在鐵棺上，更可見到每面牆後方，都是一張一張的病床，還有一段一段的故事。

這一面牆後，是女兒正擁抱著癌末父親。

另一面牆後，老太太替躺在病床上的老先生擦臉。

再一面牆，插著鼻管的少年正聽著母親講故事。

再一面牆，一個腳上打著石膏的男孩，周圍是一堆男孩唱著五音不全的校歌替他打氣。

然後再一面牆，一個豪華病床上的老人，全身插滿了管子，胸口泛著魂魄才能看到的黑色光芒，一旁則隱約站著一名肥胖宛如巨塔般的魂魄。

那巨塔般的魂魄，露出了笑容。

這一笑，卻讓小曦不寒而慄。

最後一面牆，鐵棺撞入，牆壁的水泥化成漫天飛舞的石塊。

就在小曦撥開迎面而來的石塊，也是這一剎那，他們終於確認了——

忍耐人之所以暴走的原因。

這是最初，也是最終，忍耐人之所以成為忍耐人的原因啊。

一個女孩，躺在病床上，而一旁是正在搶救的醫生，與來來去去的護士。

這女孩，小曦認得，她是……

小茜。

「你的未婚妻嗎？」小曦低語，一種異樣的悲傷湧上眼眶，她有想哭的衝動。

鐵棺停在空中，微微顫抖著。

「你是來找她的嗎？」

鐵棺沒有動。

「小茜現在的鬼卒是誰？」小曦想起，她知道這應該是自己的案子，但她因為忙著拯救忍耐人而無暇接電話，那代理的鬼卒是誰？

然後小曦急忙轉頭搜尋，看到了那個人。

隨即，一股寒意在背脊上蔓延開來。

「哎呦哎呦。」那人抬起頭，露出看似無害的中年男人微笑。「我以為是誰？是前負責人小曦啊？」

「你……」

「小曦啊，很抱歉咧。」中年男子露出陰森的笑容。「這個案子，課長已經交給我全權負責啦！」

「老九！」小曦尖叫。「你不是被禁止處理魂魄嗎？」

「當然，但妳也要給我自新的機會啊。」老九嘿嘿笑著，「一個自殺未遂，又不重要的魂魄，給我處理，不是正好嗎？」

這一秒鐘，小曦感到無邊無際的驚恐與絕望。

要幫小茜補充能量的寶物尚未到手，自己的雙手又黏在鐵棺上，而後頭更是一堆來勢洶洶的魂魄，但一切的一切，都比不上眼前這個鬼卒危險……

老九。

他不只被喻為是最危險的鬼卒，同時更是被懷疑使用許多私刑，殺害剛出生魂魄的，變態殺人魔啊！

此刻，醫院外的那團蚊子也到了，透明的大羽翼停止震動，隨即散成上萬隻蚊子，而大羽翼下面的兩人也跟著雙腳著地。

他們是老闆娘和阿歲。

阿歲仰頭，「這麼大的醫院，我們該怎麼找鐵棺？」

「跟著陰獸。」老闆娘開始往前衝。「牠們會被鐵棺吸引過去。」

「走。」阿歲往前跑了一步，忽然發現自己的腳微微一軟。

「怎麼了？」老闆娘回頭。

「沒事。」阿歲苦笑，糟糕，從鼠窟外的苦戰到現在，自己的道行也被消耗了不少，如果接下來還有戰鬥……那，絕對是苦戰了。

「那……我們快走。」老闆娘眼神中閃過一絲心疼，但仍別無選擇的繼續往前，因為她知道，他們只能撐下去，因為此刻正是柏與小曦生死存亡之刻。

眼前的醫院，所有的陰獸和魂魄，都朝同一個方向靠攏。

那個方向，顯然就是所有混亂的根源。

鐵棺。

「醫院……政府、黑幫，與陰獸三大勢力角逐之地，」阿歲揹著柏，奮力的跑著，「只能祈禱，這裡不要剛好有極為難纏的高手了！」

只是，就在柏等人兵分兩路：一路伴隨著鐵棺，與史上最變態的鬼卒老九對峙；另一路則剛到醫院，以驚人的速度發足狂奔時……

剛剛被鐵棺撞破牆壁的倒數第二間病房裡，一個渾身流氓氣息的男人，正緩緩抬頭。

他在笑。

笑容中，帶著讓小曦瞬間發寒的殺氣。

而他身旁，是一名陽世的病患，身上插滿了各種維生系統，雖然生命跡象已經幾乎消失，但他的家屬仍不放棄搶救。

不放棄的原因，是因為他的遺產太多，有登記和沒登記的子女也太多，所以「喬」不攏，於是子女們決定——

讓這老頭活著，等到他們喬攏了，再讓這老頭歸西。

更特別的是，這老頭胸口泛出了一股奇異黑光，黑光中能量豐沛，似乎有什麼厲害寶物藏身其中。

「這男人的心臟，可是罕見寶物『無情心』，只要魂魄一死，『無情心』就算完成，但差點被大鐵塊給搞掉嚕！」那肥男人聲線又粗又低，「如果真是如此，我絕對不饒你們嚕！」

6.2 變態鬼卒，老九

這裡是醫院，女鬼卒小曦。

而承載她的，則是一具巨大的鐵棺，鐵棺中的靈波不斷擾動，與其說在沉睡，還不如說在做夢，而那個夢是這樣說的……

忍耐人本名阿華，他和小茜認識得很早，從國小就認識了。

兩人開始的緣分是九歲，當時九歲的阿華與九歲的小茜用同一張書桌，而小茜和每個國小女生一樣，都用粉筆在桌子上畫了一條線，如果阿華跨過了線，二話不說，小茜就會拿自己的鐵鉛筆盒敲下去。

但阿華還是常超線，一開始多半是不小心，但到後來卻常常是故意的。會故意這樣做，是因為他想看小茜生氣著急的表情。

後來上了國中，十二歲的阿華和十二歲的小茜又是同班，這次小茜坐在前面，阿華坐在後面，阿華成績不好但體育一級棒，小茜成績不錯但體育卻爆爛。

這國中的體育老師有點變態，最愛叫學生做伏地挺身，女生做不來，可以找男生代做，但數目卻必須是雙倍，於是，那三年阿華的手臂練得超粗壯，因為他得做兩人份的伏地挺身。

而小茜做過的伏地挺身總數，三年來始終保持著零。

後來到了高中，十五歲的小茜考上了高中，而十五歲的阿華則考上了高職，兩人還是在同一個城市裡，而且騎腳踏車只要三分鐘的路程，那三年裡，小茜因為戀愛流了很多眼淚，但都不是為了阿華。

阿華提供的，始終是一個站著不敢亂動的肩膀。

一個讓小茜擦眼淚的肩膀。

之後，十九歲的小茜經過重考後上了大學，而二十歲的阿華則在小茜大二那年畢業，準備當兵。

阿華抽到了外島，準備搭船的那一天，只有小茜一個人送阿華去碼頭……

一條只有十分鐘的路程，他們卻走了半小時；更奇怪的是，前面二十九分鐘裡都是沉默，直到最後的一分鐘，阿華才說出了兩個字。

一個從九歲開始，跨越了整整十年，才終於說出來的兩個字。

「等我。」

而小茜甚至一個字也沒說，她只用鼻子輕輕發出聲音。

「嗯。」

之後，二十二歲的小茜大學畢業，踏入職場，而二十二歲的阿華則晒得黑黑的從馬祖退伍；小茜開始學會打扮得光鮮亮麗，而阿華則進入了鐵工廠，開始紮實的人生。他們分隔兩地，聚少離多，但這一次，他們都沒有忘記那天三十分鐘路程裡的兩個字承諾。

等我。

只是，就在二十五歲那年，因為一個致命的疏失，阿華的腳滑了。

滑入了不該打開的沸騰鐵爐中，燙到發紅的鐵汁四濺，劇痛中，阿華拚命的游著游著，直到他的右手終於抓住了鍋緣。

然後此時，他看到了自己抓在鍋緣的手，手上竟然一點皮膚都不剩，只餘下慘白的手骨，這一剎那他忽然明白了，就算拚死游出去，他肯定也活不了了。

於是他仰起頭，看著鍋爐上方奔跑大喊的人影，看著天花板上閃爍的燈光，他的眼眶濕了，只是淚水尚未滴下，就被高溫蒸發成騰騰的水氣。

「別等我。」阿華拚死著，說出沒人聽到的遺言。「對不起，請別等我。」

就是這一刻，二十五歲的阿華死了，而零歲的忍耐人，也跟著從陰界出生了。

時光回到現在，陰界。

鐵棺衝到了醫院內的最後一間病房，裡頭躺的是忍耐人最牽掛的未婚妻，小茜。

只是，在陰錯陽差下，生死部門的課長將處理魂魄的任務，從小曦的手上移交給另一個男人。

老九，一個傳聞中，實力與變態程度一樣可怕的鬼卒。

「老九！」小曦雙手黏在鐵棺上，用力對下面嚷著，「你快回去，把案子還給我，回去我再和課長說！」

「把案子還給妳？」老九那中年男子的模樣，露出淺淺的笑容，扶了扶眼鏡。「小曦啊，妳可知道，其實我很討厭妳。」

「很討厭我？」

「鬼卒在陰界政府中的地位不低，我們隸屬孟婆底下，專管生死，所以每個人都是靠著不斷努力鍛鍊自己，才能當上鬼卒；但妳和我們不同。」老九冷冷的淺笑。「妳沒有經過努力，靠著自己的背景就當上鬼卒，而且不僅如此，妳還擁有讓眾人羨慕的潛力！」

「我……」

「既然討厭妳，那我怎麼可能……」老九咧嘴，露出一個邪惡的笑容，「讓妳稱心如意？」

說完，老九手一搓，一條深灰色的鎖鏈就從他的手心被搓了出來。

「為什麼你的魂鏈長成這樣……？」小曦張大嘴，看著她曾經熟悉的魂鏈，但整個形態卻完全不同了。

何謂魂鏈？這是鬼卒最常使用的三寶之一，與「魄印」和「不夜燈」齊名。

「魂鏈」主鎖，能鎖住將死的魂魄，避免魂魄剛到陰界時搞不清楚狀況，四處亂竄，造成陰界混亂。

「魄印」主記，則是在魂魄蓋上印記，未來不管多久、多遠，都可以憑藉著印記找到魂魄，是陰界政府控管魂魄的最佳利器。

「不夜燈」則主立威，通常鬼卒與政府官員要追捕魂魄時，只要點上不夜燈，鬼魂與陰獸就會知道有政府鬼卒在此，不可侵擾。

在琴剛來到陰界時，曾經碰過黑白無常的鎖魂鏈，那就是道行較高的「魂鏈」。這三項寶物，是每個鬼卒隨身攜帶的工具，自然會受到鬼卒本身的道行與能量影響。認真努力的鬼卒，他的魂鏈會看起來特別晶亮乾淨；偷懶不修練的鬼卒，魂鏈可能整個生鏽。只是，再怎麼變化，不過就是外型上的細微差異，但老九這樣的魂鏈，卻已經完全超脫小曦的想像空間。

魂鏈隱隱泛著血黑色，上面布滿了粗大的鱗片，鱗片下更多了一隻隻細長如勾的爪子。這形狀……與其說是一條魂鏈，還不如說是，一尾蜈蚣！

「因為我很認真啊！我可是每天每天，歷經數十年從不間斷的修練自己的魂鏈。」老九冷笑，「所以我的魂鏈形狀才特別啊。」

「放屁！」小曦對這魂鏈的形狀感到一陣驚疑。「就算你每天鍛鍊，也只是提升魂鏈的密度或大小，怎麼可能變成這麼妖異的蜈蚣形狀？」

「哈哈，妳說它妖異？」老九手一抖，蜈蚣魂鏈宛如有生命般，蜿蜒穿過正在急救的醫生與護士，然後鑽入了病床上小茜的胸口中。「那我就讓妳瞧一瞧，這份妖異有多麼好玩吧！」

魂鏈一鑽入，老九馬上雙手交替，開始把這蜈蚣魂鏈往後拉。

「你……想要做什麼？」

「看清楚啊！」老九笑著，只見蜈蚣不斷往後，而牠的嘴裡咬著的，竟是小茜的魂魄。

只見老九雙手仍不斷交替，而小茜的魂魄，也隨著低沉的鎖鏈撞擊聲，被越拉越高，人形更是漸漸清楚。

「混蛋，你強行把魂魄拉出來，這樣和傳說中被嚴禁的『煉陰兵』有什麼兩樣？」小曦尖叫，同時感到手心下的鐵棺一陣震動。

見到這種狀況，鐵棺內的忍耐人一定更悲憤吧！

「魂魄提早出生，這樣才能確保我有得玩啊，不然她又活去陽世怎麼辦？」老九繼續著他變態的話語與行為。

而躺在病床上的小茜，象徵著她生命指數的心跳，也在這時候越來越緩，越來越緩……幾乎已經趨近於悲傷的水平線了。

「可惡，忍耐人！我們上！」小曦再也按捺不住，發出大吼。我們上啊！

同時間，鐵棺也動了，像是一根巨大鐵柱，朝著老九的身軀，直砸了下來。

「早就在等你們啦！」老九冷笑之間，右手一翻，一個黑色方塊從他掌心出現。

見到這黑色方塊，小曦心中閃過一絲不安，「魄印？為什麼要叫出魄印？」

但小曦心中的不安才剛閃過，鐵棺已經挾著足以燒盡天地的怒意，對著老九砸了下去。砰的一聲巨響！

鐵棺整個貫入地板，把地板砸出一個大洞，但大洞下……卻沒有老九那該死的蹤影！

「打不到啊打不到。」老九的笑聲從上傳來，他此刻頭下腳上，倒吊在天花板上，對著小曦等人扮著鬼臉。「真有趣，小曦啊，剛剛妳幹嘛不把手從這鐵塊上放開？難道妳的手離不開鐵塊嗎？」

「哼！」小曦沒有立刻答話，她還想著剛才的魄印。

魄印主記，對多數的鬼卒來說，並不具備任何的戰鬥功能，通常不會在戰鬥中被取出，但老九的魂鏈都已經如此妖異了，難保魄印……

「妳對我的魄印很好奇嗎？」老九一手不斷扯著魂鏈，另一手把玩著那黑色方塊，「好奇嗎？那妳看看妳身邊的鐵棺吧！」

「哼。」小曦一低頭，她發現鐵棺上，被蓋上了一個方印。「你的確是厲害，可以趁隙蓋上魄印，但你能追蹤我們又怎樣？我一離開這裡，馬上要向課長告狀！」

「我追蹤？」老九大力的擺動頭顱，用力搖頭，「妳誤會很大喔，我蓋上魄印的目的，根本不是為了我自己。」

「那是為了什麼？」小曦一愣。

「當然，是為了牠們。」老九咧嘴一笑。「我的魄印，是為了吸引牠們而改造的啊！」

這一秒鐘，小曦意識到了什麼，一驚回頭。

不知道何時，他們兩人的背後，多了數十條全身色彩斑斕、美麗可愛的小魚，正擺弄著牠們彩色的魚尾巴。

而且小魚從四面八方不斷溜入，數量也持續的增加中。

「這可愛的外表……難道是……」小曦不但沒有因為眼前魚兒可愛的模樣而鬆一口氣，

反而變得驚恐無比。

「對，妳很聰明！」老九的笑聲從天花板傳來。「牠們就是妳想的……陰界食人魚！」

陰界食人魚！

同一時間，美麗的小魚們一起張開了嘴巴。

嘴巴張得極大，甚至大過自己的身軀好幾倍，而嘴巴裡面，則是一根根往外暴出的駭人獠牙。

「陰界食人魚，B級陰獸，性喜群聚獵食，其飢餓與兇狠的程度，可以在數秒內吃光一隻巨型陰獸。」小曦聲音顫抖。「也因為這裡是醫院，所以特別容易召喚陰獸嗎？」

「所以，」老九咯咯的笑了，「好好享受這頓海鮮大餐啊，啊，說錯了，是好好的『被』享受啊。」

被享受……這句話才剛說出，所有的食人魚都衝了出來。

這一剎那，小曦只看到密密麻麻、超過兩百張布滿獠牙的大嘴，爭先恐後的朝自己湧來。

面對數目如此之多的食人魚攻擊，自己的雙手又無法離開鐵棺，小曦只能苦笑。

這次不只不能救下忍耐人的未婚妻，恐怕連自己的生命都會賠在這裡了！

「啦啦啦啦啦。」天花板上，老九哼著歌，雙手來回交錯，又拉起了他的魂鏈。「拔蘿蔔，嘿唷嘿唷拔蘿蔔，拔出一個小魂魄，任我戲弄任我玩，拔蘿蔔，嘿唷嘿唷拔蘿蔔……」

小曦與鐵棺局勢驚險，他們唯一的救星，阿歲等人呢？現在又在哪？

阿歲三人正在奔跑，他們順著陰獸暴走的方向前進，輕易打倒撲過來的魂魄，擊退衝上來的陰獸，穿過一間又一間的病房，焦急的尋找鐵棺。

「很奇怪。」阿歲跑著跑著，不禁皺起眉頭。

「哪裡很奇怪？」

「醫院是陰界爭奪資源最慘烈的地方，理論上應該強者如林，為什麼我們會前進得這麼順利？」阿歲喃喃自語，「怪怪的。」

「嗯，的確有點怪，不過對我們來說是好消息啊。」老闆娘笑了一下，雙腳不停。「也許是醫院的黑幫剛剛火拚完，元氣尚未恢復，剛好在休兵。」

「是嗎？」阿歲納悶著。「可是，怎麼黑幫、政府、陰獸三股勢力都同時消失了？」

「別想太多了，我們動作得加快，我感覺到鐵棺和小曦就在前面不遠的地方了。」

「嗯。」

而就在眾人已經逼近小茜的病房之際，忽然，奔跑中的阿歲感覺肩膀上的柏一陣扭動。

「幹嘛？柏，睡醒啦。」阿歲回頭。

「小心。」柏用虛弱的聲音說。

「小心？」

「前面的風，很冷。」

很冷？阿歲還沒意會到柏的提醒，忽然，阿歲就看見了一隻猛獸。

這頭猛獸，從下一間病房的牆壁破洞中，狂吼著衝了出來。

猛獸似牛似虎，身形巨大，四足踏著黑色的烈焰，朝著阿歲猛撲而來。

「啊啊啊啊啊！」阿歲驚退，他拚命退，拚命退，但來不及了，猛獸已經追上來了，然後張大了牠滿是獠牙的大嘴，就要往阿歲腦門咬下。

「死定了。」阿歲哀號，然後在這一剎那，野獸卻不見了。

只剩下一隻手。

一隻壓住阿歲的腦門，強壯無比的手。

單憑這隻手，就散發如同方才猛獸的殺氣？

「就是因為你嗎？」阿歲被這隻手壓住，空有一身道行，竟然完全無法動彈，「整間醫院中，沒有半隻厲害的陰獸，沒有稱得上高手的魂魄？」

「是嚕。」手的主人咧嘴一笑。「當然是我。」

「你是誰？」阿歲壓抑著全身的顫抖，回問。

「我是強盜嚕。」

「啊，強盜？」

「一個打算殺死所有路人的強盜嚕！」那人的肥手用力，阿歲隨即感到自己的腦漿，竟然快沸騰起來。

「放開，他。」在這時候，阿歲背上，已經醒來的柏，動了。

柏的手呈手刀狀，在空氣中劃出一條銳利的曲線，劈向了眼前的壯漢。

手刀在空氣中摩擦出隱約的氣旋，正是真空斬的前兆。

只是，當手刀劈中了這壯漢，柏卻失望了，因為對方連動都不動。

「幹嘛嚕，這手刀有氣勢，怎麼一點威力都沒有？」壯漢咧嘴笑，「你是在替我搔癢嗎？」

「才不是。」柏想要再次舉起手刀，他憤怒中帶點無奈，這個真空斬，怎麼時靈時不靈啊？

但壯漢卻沒有讓柏有再次舉起手刀的機會。

壯漢的另一隻大手陡然伸出，握住了柏的手刀。

「你手上，這是什麼？」對方語氣轉為驚喜。

「啊？」

「好重、好濃、好危險的寶物氣味。」壯漢聲音因興奮而顫抖，「你手上為什麼有這麼強大的寶物氣味？啊，是你的那條絲帶！」

那條絲帶？柏一愣，他講的難道是鈴綁在他手臂上，要他去尋找夥伴的那條絲帶嗎？

「給我。」壯漢發出貪婪的笑聲，手一扯，就要把柏臂上的絲帶扯下。

但壯漢才扯了一下，臉色就驟變。

因為那紅絲帶竟像是火焰般開始舞動，轟然一聲，火球，沿著壯漢手上滾滾而去。

而且詭異的是，火球由紅轉綠，彷彿帶著劇毒。

「綠火？」壯漢怒極反笑，「好傢伙，鈴啊，妳也回來了嗎？」

說完，壯漢被迫往後退開，同時將柏用力一甩，甩離了自己。

這一甩，同時給了柏與阿歲掙扎的機會，阿歲一個轉身，手指捏成劍形，朝著壯漢的肚子直戳下去。

「一蚊指。」阿歲大吼，「十成功力！」

一蚊指，這源自蚊子吸血器的絕招，在阿歲的指尖綻放出猛烈的殺人色彩。

插入，壯漢的肚子。

但，壯漢卻只是微微皺眉。

「好癢。」

「只是癢而已？」阿歲訝異抬頭，看著這個將近兩百公分的壯漢。

「對，就是好癢而已。」說完，壯漢抬腿，粗壯的大腿肌肉用力一踹，阿歲隨即被踹飛，撞入牆壁才停下。

一瞬間，壯漢、柏與阿歲，同時分開。

而壯漢凝神將所有的道行都集中到右手，一陣灰黑色靈氣捲過，綠火頓時熄滅。

看到壯漢能瞬間瓦解綠火，柏再次感到凜然一驚。

因為他知道鈴的毒是多麼厲害，一滴毒液都可以毒殺上百個巴別塔觀眾，但這男人卻可以憑道行完全壓制此毒。

所以，這男人是和小鬼、獨飲站在同樣級數的怪物嗎？

「阿歲，你們先走吧。」柏站定，「這傢伙的目標是我。」

「不行。」阿歲輕輕拉了老闆娘一下。「我留下陪柏，老闆娘，妳先過去吧。」

「可是……」

「我已經猜出這人的身分，柏一個人頂不住他的，而妳……前面不是小曦嗎？」阿歲語氣溫柔。「我們活了這把歲數，難得遇到好徒弟，得認真點。」

「阿歲……」老闆娘輕聲說。

「妳得救下小曦，就像我一定會保護好柏。」阿歲一笑，「我有種預感，咱們老一輩得保護他們茁壯，因為他們會是下次……易主的主角。」

易主的主角。

所以，我們得用生命保護他們茁壯。

「我懂了。」老闆娘吸了一口氣，用力點頭，然後邁步奔向下一個病房。

壯漢沒有阻她，只是冷冷的看著眼前的阿歲和柏。

「很好，你們做了一個勇敢的決定，只留兩個人對付我嚕，你們可知道我是誰？」壯漢獰笑。

「喔？」

「猜得到。」阿歲擺出戰鬥的姿態。

「你，是與神偷莫言齊名，危險等級高達六，甲等陀螺星，更是當年黑幫十傑之一……」阿歲義無反顧的笑了。「鬼盜，橫財。」

鬼盜，橫財。

這個曾經掏出琴的胃的怪物，如今，為什麼會在這裡？

而阿歲與柏，又會與這鬼盜橫財，擦出什麼樣的火花呢？

遠處，一家名為非觀點的店門口，兩個老人正在品茶。

「撞上囉。」吳用仰著頭，看著星象。

「什麼東西撞上了？」三釀老人問。

「陀螺星和破軍星啊。」吳用一笑，「三釀老人，您老擔心嗎？」

「當然不。」

「那就好，因為陀螺可是一大凶星，得祈禱破軍星能安然度過這關。」吳用一笑，「早日步上十四主星的大路上啊。」

「哼。」三釀老人冷哼了一聲，再度飲了一口茶。

星空中，破軍與陀螺爭輝。

而醫院中，更是兩強的險惡對決。

到底柏的遭遇會如何呢？

第七章・武曲

7.1 天雷再現

這裡是鼠窟。

那隻名為小虎的貓，正在緩步，牠一路輕柔的舔著貓屍，一路往下走去。

牠的輕舔彷彿有著神奇的能量，一路上不少重傷垂死的貓咪因此而起身，拖著身子往鼠窟外走去。

若是貓咪傷得太重，已經回天乏術，仍會因為小虎這一舔而起身。

牠們會回舔小虎，然後倒下，倒下後，原本因血戰而猙獰的表情，也就此放鬆，彷彿帶著絕對的驕傲與榮耀，離開這世界。

小虎持續前進，直至牠到了翅鼠洞外，才停下腳步。

翅鼠洞，就是這裡，逼得莫言將琴與妞妞推出洞穴，徒留自己與千百隻翅鼠對決。

小虎腳步微微一停，似乎是嗅到這裡有著A級陰獸的氣味，但隨即又泰然自若的往前走。

這份泰然，彷彿在說著，A級陰獸算什麼？

只是，當牠走入了鼠穴，卻發現一隻翅鼠都沒有。

這裡，只有一個收納袋，收納袋被封口，掛在岩石的凸角上，就像是觀光客走過遺留下的垃圾。

但仔細一看，這收納袋中似乎有什麼東西在動，竟是千百隻如同蒼蠅大小的翅鼠，在裡面憤怒飛騰。

小虎抬頭，看著這個收納袋，忽然貓臉鬍鬚上揚，宛如一抹笑。

然後貓爪一揮，劃破了收納袋。

這一剎那，收納袋嗡然而破，湧現出千百隻的黑色生物，翅鼠，就是翅鼠。

翅鼠被莫言收入收納袋中，滿腔的怒意無從發洩，一出袋，自然就找上了這隻小虎。

但，翅鼠們只花了一秒，就明白自己錯了。

明白也許待在收納袋中，還是一種安全的幸福。

因為小虎笑了。

下巴的鬍鬚也在這一剎那，陡然伸長，不僅長，還是令所有陰獸都膽戰心驚的顏色。

宛如陽光般的燦爛顏色，金色。

第一批撲向小虎的翅鼠們，轉頭想逃回收納袋，卻被後面不斷湧出的翅鼠給擋住了路，紛紛撞在一起。

這時，只見到小虎慢慢張開了嘴巴。

喵。

從遠處看，在一聲貓叫之後，翅鼠洞穴就突然安靜了下來。

接著從洞穴裡，走出了一隻小貓的身影，是小虎，牠打了一個嗝，吐掉一塊骨頭，悠閒的繼續往下走去。

「喵。」小虎緩步走著。只是牠有些好奇，究竟是誰把翅鼠關在收納袋裡？而那個人呢？現在又在哪裡？

鼠窟最下層，樹根區。

三隻白鬍貓與微生鼠的對決，只在瞬間就分出勝負，三隻白鬍貓慘敗收場。緊接著為了拯救琴，小傑抽刀而上，但這把縱橫陰界的黑刀，卻沒熬過微生鼠的猛攻，小傑重傷退場。

終於，微生鼠來到了琴的面前。

牠彷彿察覺到琴的秘密，於是懷著猛烈的殺意，要將琴當場斃於牠的爪下。

而琴，同時感受到胸口風鈴的震動，與樹根區某種不知名物體的呼喚，變得恍惚且疑惑，眼看微生鼠的爪子就要來了，血痕就要降臨了……

但，也在此刻，一個笑聲來了。

「笨蛋琴，是要我救妳幾次啊？」那聲音笑著，不是嘲弄，而是開心。開心自己終究能趕上救琴一命。

然後，一條宛如水晶之蛇的收納袋，從旁急射而出，包住了這隻微生鼠。

「逮到了！」琴醒了一半，因為她比誰都了解收納袋主人的厲害，被他收進袋子裡的魂魄，從未見過能自行逃脫的。「幹得好啊！莫言！」

莫言！

「還早嘿。」莫言真身出現，他表情罕見的嚴肅，「老鼠天生是我收納袋的剋星，加上這隻老鼠道行實在太高，我未必收得住牠！」

「什麼？連你也……」琴了解莫言，他會如此說，那就表示……

然後琴聽到了一陣密集的咬食聲。

微生鼠，牠竟然開始咬袋子了。

銳利的齧齒，以快到肉眼無法分辨的速度，不斷開闔著，不斷開闔，而袋子的角落也開始出現破洞。

「收納袋，一層一層給我上去嘿。」莫言右手不斷開闔，每次握拳，就是以一張收納袋包住微生鼠。

但微生鼠的牙齒卻一點都不遜色，高速的開闔下，不斷挖開收納袋，一層，兩層，三層……轉眼已經挖到了第十層。

十二層，十五層，莫言的額頭開始冒汗，這已經逼近他道行的極限。

微生鼠的牙齒咬合速度也開始減慢了，雙方的這場意志之爭，已經到了分出勝負的時刻。

二十層。

莫言的右手每次握緊，他的身體都因此震動一次，因為他已經突破了自己的極限。

而微牛鼠的牙齒也幾乎停止，但微微一停後，鼠齒又再度開始運作，啵的一聲，收納袋再破。

二十一層。

鼠齒咬合又更慢，但收納袋應聲而破。

二十二層。

鼠齒又更慢了，但收納袋還是破了。

二十三層。

鼠齒再慢，幾乎停止，但終究，還是咬破了收納袋。

二十四……此刻的莫言，手不斷的握，但就是握不出第二十四層收納袋，莫言停住了，同時，微牛鼠也破袋而出。

這場袋子與老鼠的爭霸，終究是微生鼠贏了，也許從「養老鼠咬布袋」這句話看來，勝負早已註定。

「莫言！」琴大叫，但這也是她第一次看到莫言全力使出的收納袋被破，更是第一次看到莫言退後的樣子。

莫言退了一步，想重整攻勢，終究慢了一步，老鼠已經撲來。

牠的足跡，化成一條奪命血痕，爬過莫言的額頭，墨鏡瞬間裂成兩半，而莫言冷哼一聲，往後倒下。

只是莫言雖倒，臉上卻帶著不可思議的訝異。

「二十三個收納袋？我以前最高紀錄不過二十個，這些日子為什麼突飛猛進了嘿？」莫言喃喃自語，「只是因為遇到了……她嗎？」

「莫言……」看到又一個夥伴倒下，琴感到眼眶微熱，這隻老鼠究竟是怎麼回事啊？殘暴、可怕，更重要的是，竟然強到無人可以與牠一戰。

擊潰了莫言，微生鼠落地，牠胸口也因為喘氣而不斷起伏，畢竟莫言可不是一般的對手，要不是牠天生專門咬袋子，恐怕當真被這戴墨鏡的人類魂魄給逮住了。

微生鼠眼神轉向站在一旁的琴，雙眼射出毒辣光芒，要速戰速決，這女孩的魂魄越來越不穩定了，如果讓她找回自己的道行……

「吱！吱！吱！」微生鼠嘶吼，邁開步伐，身體雖小但殺傷力卻極為驚人的牠，高速衝向站在原地的琴。

一旁，妞妞則笑了。「老鼠啊，越來越害怕了嗎？因為這女人尚未覺醒，就不斷吸引著夥伴嗎？」

微生鼠狂奔，牠又怒又驚，牠知道自己一定要在這裡殺了武曲。

不只是因為這女人充滿威脅，更重要的是，牠可以感覺到這片土地正在鳴動，這株幾乎枯萎的大樹正在怒吼，它們，都因為這女人而醒了過來。

再這樣下去，「那東西」遲早會出來。

只要一出來，只要一出來……

微生鼠懷著憤怒與驚恐，高高躍起，四爪張開，再一次朝著琴撲了過去。

鼠窟中段，小虎又繼續前進。

這次牠停下腳步的地方，是一個很大、宛如停機坪般的巨大洞穴。

洞穴裡，到處都是巨大的鑿穴，小虎仰起頭，牠認得出，這應該是某把巨斧橫行過的痕跡。

然後，小虎的背後，慢慢浮現出一雙眼睛。

這眼睛很大，幾乎等同於一台小客車。

眼睛下面出現的，是一張大嘴，如果眼睛像小客車，那嘴巴應該是一台卡車。

嘴巴越來越大，就要把小虎一口吞下。

「喵。」小虎只來得及回頭，輕喵了一聲，大嘴巴就已經闔上。

闔上後數秒，那雙眼卻開始扭曲，彷彿見到不可思議的畫面，因為小虎，竟然還站在自己的前面。

剛剛自己的嘴巴不是闔上了嗎？是這隻小貓速度太快？還是……

這是這雙大眼睛，死前最後一個想法。

小虎揮完了爪，往洞穴外走去。

牠的疑問與剛才的翅鼠洞穴一樣，是誰呢？是誰揮出這麼巨大的鑿穴？而那個人又在哪呢？

同一時間，鼠窟深處。

琴的面前，鼠來了。

這次，琴不緊張，反而微笑。

因為另一個夥伴也趕上了。

玻璃斧。

一對玻璃斧從天而降，舞斧者，正是剛戰完鯨鼠，浴血而來的小才。

「看我雙斧。」小才大吼，斧頭上黏著大片乾涸的血跡，這可是剛才與鯨鼠激戰後的勳章。

只是這次小才的對手，畢竟不是龐然大物的鯨鼠，而是渺小如砂礫般的微生鼠，一大一小的巨大落差，也剛好封印住了小才雙斧的攻擊性。

縱使微生鼠才剛與莫言一戰，已經消耗不少體力，但微生鼠瞬間就跳上玻璃斧的縫隙，然後開始順著斧頭狂奔。

微生鼠也怒了。

牠露出尖銳且可怕的兩顆大前齒，朝著小才的手用力咬下。

這一咬，伴隨微生鼠驚人的道行爆發，血泉登時上衝，小才握斧的手，也頓時重傷。

當怒極的微生鼠正打算再咬一口，了結這個琴的最後幫手之際，卻遲疑了一下，「吱！」的一聲，轉身跳離小才，朝琴狂奔而來。

而琴呢？

眼見微生鼠朝琴高速抓來，琴感到身體越來越熱，再一個夥伴的敗北，彷彿又將琴往某個地方推進了一步。

這隻微生鼠，就是這隻微生鼠！

就是你，你這隻微生鼠！

她悲憤不已，胸口的風鈴越加激動，而她，也越能感受到「那東西」的存在了。

她甚至快要可以描繪出「那東西」的模樣，宛如一枚弦月，充滿強韌的張力。

「回來。」琴突然提氣大喝，對「那東西」發出大吼，「回來我的手上！」

這一剎那，琴的雙手綻放驚人電光，甚至照亮整個鼠窟。

然後有一樣東西，閃爍著與琴相同的電光，從樹根中衝了出來。

風鈴搖曳。

電光威猛。

「那東西」一口氣來到琴的掌間。

接著，電光盤據出一道如同弦月的弓形。

如此聲勢，肯定是猛招來臨的前兆。

「吱吱吱吱！」微生鼠見狀，發出歇斯底里的尖叫，牠身軀雖小但殺氣卻充塞整個空間，宛如百頭猛牛朝琴而來。

琴閉起眼，雙手慢慢舉高。

雷電閃爍中，一個清脆溫柔的旋律。

是風鈴，在琴的胸口唱歌。

風鈴為什麼唱歌？這旋律與以往的警告音截然不同，反而是在回憶，在回憶這個女孩心裡深處，曾有的力量。

威震陰界，危險等級九，的力量。

同一時間，非觀點門口，三釀老人與天機星吳用正在飲茶。

「快了。」三釀老人喝了一口茶，意味深長的說。「雲一來，雷也快到了。」

「雷快到？」對面的天機星吳用露出笑容。「那豈不是說……」

「今晚，當真不寂寞啊。」三釀老人再度替吳用倒茶，「來，來，咱們喝茶。」

「喝茶。」吳用眼神中閃過一絲銳利殺氣，但又隨即隱沒。「今晚，果然不寂寞。」

同一時間，陰界亂葬崗外，鼠窟入口，層層的警察防護中。

所有的警察都抬起頭，詫異的看著天空。

「下雨了嗎？」冠帶抬起頭，皺眉，「剛還是大晴天不是嗎？怎麼突然起了雲？」

同一時間，陽世，金色商圈。

剛從商圈內的夜店走出來，醉得東倒西歪的男女們，同時發出咦的一聲。

「快下雨了嗎？烏雲好重啊？」人們仰起頭，表情納悶。「剛剛天氣不是還挺好？還看得到星星咧？」

然後，就在大家困惑之際，沉重的烏雲裡，一道雷光，隱約閃爍。

「啊，打雷了？」見到了那雷光，所有人開始驚惶，有的人從LV包包中掏出折疊傘，快步朝著停車的地方跑去。

烏雲越聚越多，而雷光更是一道比一道更明亮。

彷彿預告著，大雷就要從天而降。

同一時間，陰界亂葬崗遠處，一個穿著乞丐衣物的男孩，他突然回頭，看著亂葬崗的天空，笑了。

「好樣的，」乞丐男孩咯咯的笑著，「二十九年的歲月，沒有白等啊，妳果然還是回來了。」

陰界的鼠窟下呢？

在優美的風鈴旋律中，卻是極度驚險刺激的局面。

因為微生鼠的速度好快，已經衝到了琴的面前，然後躍起。

身體雖小，但四爪一張，迸發出震撼全場的恐怖氣勢。

而琴呢？

她左手抓住從樹根中破出的「那東西」，然後右手往後一拉。

是弓。

在琴手掌上隱約出現了一把雷電形成的弓。

「天雷，下來。」

也在這一剎那，亂葬崗、金色商圈，所有的人與魂魄都抬起了頭。

因為他們看到了一道雪白色的閃電，從天而降，直接落在地面。

雷電落，穿過層層地表，穿過層層的石礫，落到了琴左手的雷電弓之間，瞬間匯聚成一根雪白色的箭矢。

然後，琴的右手一鬆。

白色箭矢射出。

「天雷！」現場的人包括莫言、小傑、小才，甚至是妞妞，所有經歷過黑幫戰役年代的人，都忍不住忘情大吼。

因為這招天雷，曾讓武曲在與政府和其他黑幫交戰的戰場上，令人聞風喪膽！

這一幕，是所有人永難忘懷的畫面。

天雷降臨，化成白箭，挾著驚人電流竄向狂奔而來的微生鼠。

「吱！」微生鼠嘶吼，然後高速跳躍，宛如一枚被詛咒的黑色精靈，在交錯的電光中穿梭。

微生鼠身形靈巧至極，密麻的雷電之河，竟然給牠穿了過去。

「沒中？」所有人都訝異不已，第一個大叫的，是小才。

「糟糕，威力太弱，現在的天雷只有當年武曲天雷的十分之一，不足以對付微生鼠。」小才抓著頭髮大喊，「為什麼？」

「因為現在在地底。」小傑眼睛瞇起，重傷的他，說起話都有氣無力。「天雷穿過層層地表，威力有限。」

「怎麼辦？」所有人面面相覷。

「樹。」莫言伸出手，比著橄欖樹。「橄欖樹！」

「橄欖樹？你瘋了嗎？」一旁的小才則大叫，「樹被雷一打，肯定完蛋。」

「陰界信守五行，雷與樹同屬五行中的木系，所以三釀老人才會教武曲『雷系』的絕學！」莫言大吼，「笨蛋琴，再叫一次雷，打樹，樹會把電送下來！會把完整的天雷送下來！」

「再叫一次雷？」琴瞇著眼，仰頭。

此刻，在鼠窟的最下層，的確有一條又一條比人還粗的樹根盤據著。

這些樹根，就是橄欖樹最後的命脈了嗎？

把雷打在樹上，橄欖樹會把電送下來嗎？

但，琴已經沒有時間遲疑了，或者說，她已經沒有時間射出第二箭了。

因為微生鼠可不是那種隨便拖延時間的笨蛋，牠是站在陰獸頂端的S級怪物，一躲過雷電，馬上邁開細小但充滿力量的四足，朝著琴衝來。

奔跑間，牠尖銳的前齒張開。

朝著琴的腦門，就要咬下。

沒時間了，真的沒時間了，琴已經完全沒有時間射出第二箭了。

7.2──橄欖樹醒了

鼠窟最深處的外圍。

牠來了。

小虎，牠慢條斯理的走入鼠窟洞穴中，剛好目睹了第一次天雷。

也目睹了微生鼠以靈巧的高速，穿越躲過雷電之河。

更目睹了微生鼠要對琴施展最後的一擊。

然後，小虎笑了。

喵。

金色鬍鬚，威猛的貓吼，挾著讓空氣瞬間凍結的霸氣。

這一剎那，微生鼠停住了。

「吱。」微生鼠的叫聲中出現了從未有過的音頻。

那是驚叫的音頻。

這音頻之尖銳、之驚恐，甚至遠高於微生鼠遇到天雷。

那一種生物遇到天敵時絕對的驚駭，微生鼠的天敵，來了？

一個貓叫，就這樣讓老鼠一停，也替琴的第二擊，爭取最關鍵的五秒鐘。

「五秒鐘，夠了。」琴閉著眼，右手再度拉滿雷電組成的大弓，「給我下來吧，天雷。」

這一秒鐘，無論是陽世的人們或是陰界的魂魄，都望著天空，呆了。

因為這次的電光，雪白燦爛，好美。

而且擊落到土地的位置，好準，準到剛好打在一株老樹上。

雷一落，老樹立刻泛起淺白色的光芒，不但沒有因此起火燃燒，還引導著雷電，開始往下蔓延。

雷電，進入樹幹的樹根，同時也在整個鼠窟內部蔓延開來。

鼠窟的每個位置，每個有樹根經過之處，都是琴的天雷必經之路。

而上萬隻老鼠，有的正在啃食著樹根，有的仍與貓纏鬥，更有的正在攻擊人類魂魄，都因為這道從樹根蔓延而來的閃電，而停頓了。

牠們的表情先是吃驚，然後好奇，最後則是，哀號。

因為雷電，開始焚殺牠們。

雷電不斷往下，竟一口氣淨空了鼠窟內所有的老鼠，然後來到了召喚它們的地方。

琴的手上的雷弓。

「灌滿的天雷。」琴右手一鬆，「接好啦！」

這一剎那，微生鼠全身繃緊，但牠狡猾的黑色眼珠中仍有自信，牠相信自己躲得過一次，肯定能躲過第二次。

然後，天雷從四面八方的樹根匯聚而來，全部聚在琴的右手指尖，然後鬆開。

風鈴聲搖蕩。

雪白之箭，幻化成一條雷河，將鼠窟照映得有如白晝。

微生鼠身體伏低，全身道行也推升到了頂端，牠衝向了雷河之中。

雷河中，是上億個暴怒的雷電光點，而微生鼠的道行則不斷上催，越是催，牠身軀越小；越小，就越能閃避這些隨時會炸開的雷點。

微生鼠全身的血液都快逆流了，牠知道自己正用百分之兩百的道行應戰，肯定大耗真元，但生死瞬間，牠也顧不了那麼多了。

雷河不斷湧過，微生鼠已經縮到幾乎等同於細胞大小，道行不斷瘋狂消耗之下，讓牠的確避開了一枚又一枚的雷點。

再這樣下去，恐怕又會讓微生鼠逃過一劫。

「糟糕。」小才張大嘴，「這隻老鼠未免也……太厲害了吧？」

「不。」身受重傷的小傑搖晃站起，「我們還沒有輸，還有我啊！」

這一瞬間，小傑放聲大吼，手猛一揮，黑刀被甩了出去。

只見這把被小傑視若生命的黑刀，在空中展現完美弧線，然後落到了雷河的末端。

刀，慢慢的旋轉，落入了雷河末端，引起微微電光顫動。

「反射吧！」小傑大吼。「把雷電全部給我送回來！」

反射吧。

這一秒鐘，那把雪白的雷箭撞上了黑刀，而黑刀更在小傑道行全開的情況下，反彈了回來。

電去，電回。

雪白的電箭，威力雖然因為反射而減弱，但這一反射，就代表所有的電將重新追殺它們原本的目標——

微生鼠。

「吱！吱！」微生鼠怒叫，雷箭回來了，牠只能再次啟動道行，身體又開始急速變小。

連續幾次縮小，牠都感到虛脫，這幾百年來，除了那次與武曲的戰鬥，從來沒有一場戰役把牠逼到這般田地。

但牠必須做，因為戰役還沒有結束，牠一定得在這裡殺了武曲，不然等到武曲找回自己……

微生鼠咆哮，牠已經縮到夠小了，小到牠身體快要支撐不住了，但牠知道自己會贏，因為對方已經沒有招了。

雷箭來了。

在微生鼠的世界裡面，強大的電流就像是一條充滿了魚雷、火藥，與巨石的大河。

河流中，不斷流過正在引爆的雷電火藥，而微生鼠則必須將身體變小，只要夠小，碰到火藥的機會就能減小，只要靠著牠的驚人的運動神經，雷電再強，也傷不了牠。

雷河因黑刀而逆流，但微生鼠再度縮小，牠在雷河中繼續逃竄。

牠會贏。

而且牠就要贏了。

牠已經等不及要將這個有武曲味道的女人，整個撕裂，用牠最拿手的血痕，將女人分成數十塊，然後找到最貪吃的老鼠夥伴，一起將她吃掉。

只要吃掉，她就不會回來了，而且「那個人」一定會很開心的，對，因為牠殺了武曲。殺了武曲，比起從亂葬崗中不斷收集能量，送給那人，一定更能讓那人開心吧！

微生鼠想到這，忍不住笑了。

牠贏了。

然後，牠發現，牠沒有在游動了。

雷河仍在移動，那些殺人的火藥、魚雷，仍以高速在河流中移動，但唯獨牠，沒有在動。

為什麼？

為什麼？

而且，牠眼前什麼時候多了一層透明薄膜？

這薄膜該不會是……

「逮到了嘿，臭老鼠。」莫言的大笑聲傳來。「看你在收納袋裡面，怎麼躲雷電？」

怎麼躲雷電？微觀的世界裡，微生鼠抬頭，牠看到了一顆好巨大、帶著強烈電光的雷球來了，而牠完全無法躲。

啊，糟糕了。

這一剎那，微觀的世界被釋放，一口氣回到了正常的世界，瘋狂的電流淹沒了微生鼠，火焰、劇痛，還有微生鼠的哀號，響徹了整個鼠窟深處。

雷電狂流，終於慢慢減弱，減弱，最後，鼠窟失去了光芒。

風鈴的演奏也越來越低，然後只剩下細微的音符迴盪……

琴一屁股坐在地上，她打敗老鼠了，在莫言的收納袋、小傑黑刀的攜手合作下，他們成功了嗎？

成功了嗎？

非觀點。

「開心嗎？」吳用喝著茶，看著眼前的老友。「你徒兒似乎是成功了。」

三釀老人沒有回答，只是喝茶。

但他的回答，已經全寫在嘴邊。

那個揚起的弧度上。

雷電箭消失，鼠窟又回到了原本的晦暗，琴等人重重的坐倒在地上，不斷喘氣。

最後一擊，所有人都展現了超越極限的力量，那是與死神打交道的危險力量。

而妞妞站到了琴的面前，微笑。

「大姊姊，你們成功了。」

「是啊，太好了。」

「而且，天快亮了，清晨的陽光就要下來囉。」妞妞仰起頭，手往上一比。

琴順著妞妞的手指往上看去。

真的是陽光。

在被雷電穿過的層層地表，在樹根與樹根的縫隙，在老鼠的屍體間，在倖存的貓咪間。

一道純淨、亮黃色，溫柔的陽光，照映在琴的掌心。

「所以……」琴眼眶濕了，因為這陽光好美，從進入鼠窟以來，經歷了好多場血戰，犧牲了好多貓咪夥伴，就是為了這片溫柔的陽光嗎？

「陽光來了，橄欖樹就要醒了。」妞妞閉上眼，「妳準備好了嗎？」

準備好了嗎？琴仰頭，她懂了，橄欖樹真的要醒了。

在陽光的洗禮下，橄欖樹不斷的拔高，原本乾枯的樹幹冒出了綠芽，綠芽間浮現了花朵，花朵間則結出了一粒粒燦爛的晶珠。

風一吹，晶珠離開了花朵，在空氣中飄揚。

這一刻，成千上萬的花朵，都吹出了晶珠。

晶珠在整個亂葬崗的天空飄揚，宛如一場水晶雪，燦燦陽光中的水晶雪。

亂葬崗的魂魄都走出來了。

無論大人、小孩、老人，無論乞丐、打手，或是寂寞的旅人。

每個人沐浴在這片水晶雪中，然後都笑了。

因為他們感受到能量，土地的能量被釋放出來了，透過這株強大且神秘的橄欖樹，被釋放出來了。

這塊土地，已經找回自己呼吸的節奏了。

「大姊姊，妳救了這塊土地，」妞妞豎起拇指，「妳真的很棒。」

「是大家一起努力。」琴閉著眼。

「大姊姊，記得收下這些晶珠喔。」

「嗯？」

「因為，這就是橄欖油。」妞妞微笑，「我從來沒有看過這麼美的橄欖油。」

「是嗎？」琴用雙手捧住一顆晶珠，這晶珠在琴的掌心慢慢凝住。「這就是武曲用來製作聖．黃金炒飯的橄欖油？」

「是。」

「那妳曾說過，這土地的秘密……」

「也許，就是妳剛剛從樹根裡拿到的東西吧？」妞妞一笑。「現在，應該在妳的手臂上。」

「我的手臂？」琴赫然發現，自己手臂上多了一個奇異的刺青，那形狀，竟然有點像一把弓。

一把彎拱而起，英挺豪氣的弓。

「呵，大姊姊，任務結束。」妞妞轉身，「我要走囉。」

「啊，妳要走了？」琴抬頭。

「是啊。」妞妞頭也不回的走著，而琴則看到妞妞背上那條白蛇，慢慢蜿蜒爬出，然後對著琴吐了吐蛇信，像是在扮鬼臉，更像是在告別。

「掰。」琴想了一下，想起了一個她曾問過孟婆的問題。「妞妞，我還會見到妳嗎？」

「會。」妞妞回頭，瞇著眼睛笑了一下，這一笑風情萬種，哪像是一個缺牙的七歲女孩。

「而且不管我們願不願意，我們都會見面。」

「嗯，我一定願意的。」琴認真的看著妞妞。

「呵呵，那可不一定，但請妳記得，妳說過的那句話……」妞妞大笑，「人定勝天。」

「嗯。」琴看著妞妞走出鼠窟，她歪著頭，低聲說，「好像不太一樣了欸，這小女孩，如果說是長大了，也未免太快了吧……」

妞妞走出了鼠窟深處，只是，就在她剛踏出鼠窟之際，她發現一個男人正在等她。莫言。

「幹嘛等我？」妞妞一笑。

「最後一個問題問妳。」莫言的墨鏡已經摔碎，清澈的藍色眼珠，注視著妞妞。「妳背上的蛇影，是怎麼回事？」

「喔？你是什麼時候看到的？」妞妞眼神閃過一絲詫異的笑。

「就在我打出最後一次收納袋的時候，那時才發現妳背上有蛇影。」莫言背部靠在鼠窟的牆壁上，「也許那一瞬間，我的道行終於提升到能見到蛇影了。」

「也許真是這樣沒錯。」妞妞一笑，一撫長髮，朦朧間整個人拉高，變得纖細而窈窕。

「那你覺得這蛇影是怎麼回事呢？」

「對於陰獸的分辨，我極有自信，但有一隻陰獸，我必須突破道行才能見到嘿？」莫言吸了一口氣，「莫非牠也是十二隻大陰獸之一？」

「嘻，不錯，能當上黑幫十傑，你果然不是傻子。」妞妞笑。

「妳到底是誰？」莫言冷笑，「妳能馴服S級陰獸，又知道三十年前的黑幫十傑，想來想去，也只有一個人。」

「說來聽聽……」

「妳就是太陰星，人稱女獸皇的……」莫言語氣戒慎，「月柔？」

「嘻，很聰明，很聰明。」妞妞沒有回答，只是往前走著，但隨著她步伐的挪移，原本瘦小的幼童身形，靜悄悄的變化成婀娜多姿的熟女背影。

而背上的那條白蛇，也不再隱藏，優雅的盤據在女子肩上。

看著妞妞離去，莫言雙手插在口袋，不再問話，只是注視著，用敬重的眼神注視著。

「果然是，S級陰獸，隱蝮……」莫言輕輕說著，「在下神偷莫言，參見女獸皇啊。」

妞妞沒有說話，更沒有回頭，美麗的背影，已經消失在鼠窟的深處。

那天晚上，陰界的魂魄們注視著電視新聞，發出徹夜不斷的歡呼。

因為被陰界魂魄們視為亂源，視為黑暗渾濁地帶的亂葬崗，被解放了。

橄欖樹的橄欖油化成充滿能量的晶珠，落滿了整個亂葬崗，這裡的人撿起來放入口中，或是搭配各種食材料理，都讓他們重新灌飽能量，彷彿新生。

陰界警察們守株待兔，終究沒有逮到那個神秘的引貓女子，也許是因為鼠窟內部路徑縱橫交錯，出口少說有三十個，所以無功而返。

只是，卻沒有一個警察生氣……

因為他們的口袋裡面，其實都塞飽了橄欖油的晶珠。

他們嘴裡都忍著笑。

因為他們知道，就算回去挨了貪狼的罵，至少能夠享受好幾頓美味的晚餐。

貓咪呢？

那些重傷的貓咪都不見了。
琴想替牠們療傷或是安葬，卻發現所有的貓咪竟然都消失了。
「被帶走了。」躺在一旁，精疲力竭的小才說。
「被誰帶走了？」
「我看不清楚，但似乎是另外一隻貓。」小才抓了抓頭髮，「一隻好小的小貓，用好快的速度舔過每一隻貓，貓咪都緩緩站起來，然後離去了。」
「小貓？」這時，剛從鼠窟外走入的莫言，開口問道。
「是啊，根本就是陽世貓咪尺寸的小貓。」小才搖頭，「不知道那是一隻什麼貓呢？」
「連白鬍貓也被那隻貓一舔，就能夠起身？」
「是啊。」
聽到這裡，莫言、琴，與小傑三人互望了一眼。
他們都同時想到，微生鼠第一次躲過天雷時的情景。那時，微生鼠原本可以輕易殺死琴的，但卻突然停住。
那一停，沒有徵兆，沒有原因，只有隱約飄蕩在空中的一聲貓叫。
一聲貓叫，能阻止S級陰獸微生鼠？
一陣貓舔，就能救活白鬍貓這種A級陰獸？
是否……
「今晚，鼠窟真熱鬧。」琴閉上眼，她躺在地上，累癱了。「真是熱鬧啊。」

最後，是琴。

她起身，看著因為激戰後或坐或躺的眾人，「嘿，我們走啦。」

「去哪？」

「好餓。」琴撿起地上一顆又一顆的橄欖油晶珠。「我們去找些吃的吧。」

「喔？那去哪呢？」

「還用懷疑嗎？」琴微笑，「當然是去快餐車啊，我好想念冷師父，還有冷師父的湯哩。」

聽到了冷師父的湯，所有人都站起來，每個人的表情都在笑。

因為那是一碗，光用想像就美味無比的湯啊。

這晚過去，魂魄又回復了常態，賣小吃的繼續賣小吃，挖寶物的繼續挖寶物，替政府賣命的又繼續賣命。

但所有人的心情卻都有了一點不同。

一種說不上來的不同。

若真要說，那也許是一種期待的情緒吧。

期待，某個人，改變陰界的興奮情緒。

易主的浪潮，已經開始緩緩的、緩緩的上升了。

「今晚開始，陰界即將邁向新的里程碑。」吳用對著晨曦敬茶。

「嗯。」

「你在想什麼？三釀老人？」吳用轉過頭，忽然理解的笑了。「啊，其實你還是擔心另一個徒弟的吧？」

「當然不。」三釀老人收起情緒，也舉起了茶杯。

吳用一笑。

是啊，武曲這裡雖然已經落幕，但另一頭的戰役才正在上演。

星象中，破軍星直衝陀螺星，破軍輝度尚未成形，恐怕有生死之虞啊。

尾聲

一張小小的餐桌前，坐著一個頂上沒有頭髮，看起來完全是標準中年大叔的男子。

他有些緊張的左顧右盼，直到，一個身穿餐廳侍者服裝的男子出現。

他端了一個蓋著鋼罩的盤子到中年大叔的面前。

「福八先生，請用。」

「這是什麼？」原來這中年大叔，就是第一集為了救柏，被龜男手下所圍殺的男子，福八。

「是好料。」

「什麼好料……」福八打開鋼罩，裡面，竟是一台模型飛機，飛機旁還放了一顆大高麗菜，「飛機？有什麼好料？」

「有啊，」侍者微笑，「因為這就是下集預告。」

「啊？」福八一愣，隨即懂了。「所以這是第三項食材……」

「賓果，」侍者笑，「這就是琴下集的探索之地。」

「飛機？難道下一次的戰場是……」福八咧嘴笑了。「這麼高，魂魄怎麼飛得上去？」

「魂魄，陰界，可是無所不在的喔。」侍者一笑，往後退了一步，就要離去。

「那你是誰？怎麼會知道下集……」

「我是萊恩。」侍者投以一個帥氣的笑容。「因為，我是萊恩啊。」

下一集，原來是一台飛機，與高麗菜的故事。

《陰界黑幫第三部》・完

Div作品 05

陰界黑幫 03

國家圖書館出版品預行編目資料

陰界黑幫．03，／Div 著.
一 初版. 一 臺北市：春天出版國際，2011. 10
面；　公分. 一（Div 作品；05）
ISBN 978-986-6345-17-3（第1冊：平裝）
ISBN 978-986-6345-66-1（第2冊：平裝）
ISBN 978-986-6345-98-2（第3冊：平裝）
857.7　　99001048

ISBN 978-986-6345-98-2
Printed in Taiwan

作者　Div
封面設計　克里斯
內頁編排　三石設計
總編輯　莊宜勳
編輯　施怡年

發行人　蘇彥誠
出版者　春天出版國際文化有限公司
地址　台北市忠孝東路四段303號4樓之一
電話　02-2721-9302
傳真　02-2721-9674
E-mail　frank.spring@msa.hinet.net
網址　http://www.bookspring.com.tw
部落格　http://blog.pixnet.net/bookspring
郵政帳號　19705538
戶名　春天出版國際文化有限公司
法律顧問　蕭顯忠律師事務所
出版日期　二〇一一年十月初版一刷
定價　250元

總經銷　楨德圖書事業有限公司
地址　台北縣新店市復興路45號3樓
電話　02-2219-2839
傳真　02-8667-2510

印刷所　鴻霖印刷傳媒股份有限公司

S P R I N G

每一本好書都是一顆種子，

春天播種在你的心田夢土上。

Spring

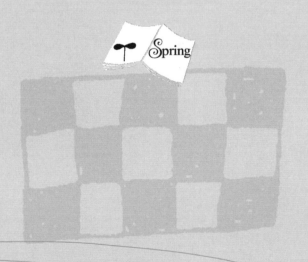

S P R I N G

每一本好書都是一顆種子，
春天播種在你的心田夢土上。

Spring